VINCO

MANOELA SAWITZKI

Vinco

Copyright © 2022 by Manoela Sawitzki

Este livro é resultado do projeto de residência literária do Sesc Santa Catarina, para o qual a autora foi selecionada em 2018.

Grafia atualizada segundo o Acordo Ortográfico da Língua Portuguesa de 1990, que entrou em vigor no Brasil em 2009.

Capa
Omar Salomão

Imagem de capa
The slap, de Camile Sproesser, óleo sobre tela, 150 × 130 cm.
Reprodução de Ana Pigosso

Fotos de miolo
Acervo pessoal da autora

Preparação
Cristina Yamazaki

Revisão
Erika Nogueira Vieira
Julian F. Guimarães

Os personagens e as situações desta obra são reais apenas no universo da ficção; não se referem a pessoas e fatos concretos, e não emitem opinião sobre eles.

Dados Internacionais de Catalogação na Publicação (CIP)
(Câmara Brasileira do Livro, SP, Brasil)

Sawitzki, Manoela
   Vinco / Manoela Sawitzki. — 1ª ed. — São Paulo : Companhia das Letras, 2022.

ISBN 978-65-5921-179-1

1. Romance brasileiro I. Título.

22-109295   CDD-B869.3

Índice para catálogo sistemático:
1. Romances : Literatura brasileira B869.3

Eliete Marques da Silva — Bibliotecária — CRB-8/9380

[2022]
Todos os direitos desta edição reservados à
EDITORA SCHWARCZ S.A.
Rua Bandeira Paulista, 702, cj. 32
04532-002 — São Paulo — SP
Telefone: (11) 3707-3500
www.companhiadasletras.com.br
www.blogdacompanhia.com.br
facebook.com/companhiadasletras
instagram.com/companhiadasletras
twitter.com/cialetras

*Para Biño,
que primeiro me mostrou a beleza que me trouxe até aqui.*

O que direi àquele meu corpo que deixei entre as ruínas da casa onde nasci?

Adonis

Então o homem exclamou: "Esta, sim, é osso de meus ossos e carne de minha carne! Ela será chamada 'mulher', porque foi tirada do homem!". Por isso um homem deixa seu pai e sua mãe, se une à sua mulher, e eles se tornam uma só carne. Ora, os dois estavam nus, o homem e sua mulher, e não se envergonhavam.

Gênesis

All those beautiful boys
Tattoos of ships and tattoos of tears
CocoRosie

RIO DE JANEIRO

1.

Entre o inverno e o começo do verão de 1991, patinei com os Chicago da minha irmã. A Cris tinha acabado de voltar da viagem-pra-Disney com um *roller* preto em que eu não podia tocar, e nem queria. Ela era a primeira pessoa da nossa rua a ter um daqueles e assumiu o posto com pompa de celebridade. Mas a verdadeira rainha continuava sendo eu, ou pelo menos aquela parte minha que só eu conhecia. Ter que passar a vida presa na masmorra não ameaçava essa soberania e, fosse como fosse, seria só uma questão de tempo. Nem precisava de muito esforço de imaginação, a infância estava impregnada de histórias sobre princesas destituídas, sequestradas, presas, envenenadas e exploradas que um dia recebem um beijo, jogam as tranças, calçam o sapato certo e tudo volta pros trilhos. Devia existir uma boa razão pra tantas histórias serem contadas do mesmo jeito.

Os patins velhos rolaram do quartinho de entulhos pros meus pés em menos de quarenta e oito horas. A sentença de morte que a minha irmã havia decretado caso eu mexesse nas coisas dela, "Qualquer coisa", quer dizer, o mito fundador da nossa relação, foi suspenso nesse caso. Eu soube disso assim que ela me viu com os Chicago e me lançou um olhar de pena, *só* pena.

As pontas dos meus dedos ficaram levemente esmagadas contra o couro duro. Vai ceder, pensei. *Tem que ceder*. Mas os patins não tinham tanta disposição quanto o meu corpo. Ele se expandia, sobretudo nas extremidades, como se precisasse se esticar pra pegar alguma coisa fora do seu alcance. Seguir com aquilo era uma luta e valia a pena.

Até então, nada tinha feito eu me sentir do mesmo jeito que aquelas botas brancas de salto alto sobre rodas pink que me permitiam não andar, nem correr, mas *deslizar* pelo asfalto. Os vestidos, os brincos, as pulseiras, os colares, os batons, o estojo de sombras, os sapatos de festa, todo aquele aparato complexo que cercava e constituía a existência da Cris e da nossa mãe eram prazeres de outra ordem. Eu só podia acessar aquilo tudo quando elas não estivessem por perto, e sempre com pressa, sustos e pontadas agudas no estômago. Os Chicago, podia exibir *lá fora*. Com eles nos pés, eu era o meu próprio carro alegórico.

Antes de chegar ao elevador, ouvi claramente a minha mãe berrando que depois não viesse reclamar, ela não moveria um dedo em minha defesa quando me chamassem de viado. O que estava implícito ali não era segredo pra ninguém: ela tentava viver seu luto infinito de mãe do outro com a paz possível, e eu, o caçula, era a encarnação do mal por tentar roubar o foco com as minhas esquisitices.

Pra que minha mãe voltasse a me esquecer, passei a sair de casa com os patins na mochila e a calçá-los sentado na sarjeta em frente ao prédio.

* * *

Alguns dias depois, assim que ela e a Cris saíram da mesa e foram pra frente da novela das oito, meu pai pegou o maço de Plaza do bolso da camisa e deu início ao seu ritual noturno. Tudo começava naquelas duas batidinhas com o fundo do maço na mesa, então ele puxava o cigarro mais saliente, depois mais três batidinhas com o filtro antes de cuidadosamente umedecer a ponta com a língua e achatá-la entre os lábios finos. O isqueiro bic, sempre branco como as camisas dele, saía do mesmo bolso, e a primeira baforada de fumaça ficava retida na entrada da garganta antes de se espalhar pelo perímetro mais próximo. Jamais se deveria tragar até o fim — era a regra mais importante, a única forma certa e segura de fazer aquilo.

"É uma porcaria isso aqui", ele diria neste ponto, depois balançaria a cabeça num gesto de autorreprovação bem pouco convincente, talvez tentando me distrair do prazer que extraía daquela parte do processo. "Uma porcaria."

Como sempre, eu era o mais lento na mesa e terminava o prato acompanhando seus movimentos enquanto ouvia a musiquinha do Batman ou da Pantera Cor-de-Rosa dentro da minha cabeça, imaginando o maço e os cigarros em movimento sobre a mesa como nos comerciais da tv. Muita coisa já acontecia nessa cabeça e eu já andava roubando alguns cigarros do meu pai àquela altura. Talvez tivesse o correspondente a um maço inteiro numa caixa de charutos Partagas que tinha sido do meu avô e estava bem segura no vão debaixo da última gaveta do meu armário, porque eu ainda não tinha reunido a coragem necessária pra ir adiante e acender um.

Minha mãe nunca perdia uma oportunidade de descrever em detalhes gráficos as mortes horríveis provocadas pelo tabagismo. Era o bastante pra que eu adiasse a minha iniciação, mas não pra me impedir de pegar os cigarros, um a cada semana ou duas pra não dar na vista — sutileza que aprendi jogando varetas com meu pai nas noites de domingo —, nem pra parar de estocá-los, motivado pela certeza de que um dia fatalmente seria fumante.

Todo adulto merecedor de atenção, do tipo não compulsória, parecia ter em comum certa indiferença diante da morte, ou mesmo uma atração por ela, como se viver a vida com intensidade não fosse algo possível senão através de uma atitude meio suicida. Eu mesmo não conhecia nenhuma pessoa interessante que não fumasse. Mas Plaza, só o meu pai e, depois, o Zé Carlos, o *amigo* da minha avó. Diferente do meu pai, ele tragava até o fim, e, diferente da minha mãe, dizia que fumar era ótimo, o avô dele mesmo tinha fumado até os noventa e dois, e Plaza era, sim, "cigarro de homem" — ao que minha avó respondia com sua gargalhada mais debochada, que o deixava sem ação. Quando chegasse a minha hora, fumaria outra marca, provavelmente Free ou Marlboro, porque as propagandas eram muito melhores e o Zé Carlos, por ser velhíssimo e desagradável, tinha estragado o Plaza pra mim. Eram projetos que ocupavam meus dias junto com outros mais difíceis de confessar.

Naquela noite, assim que percebeu que eu começava a inclinar o corpo e deslizar sobre a cadeira pra me levantar e ir pro meu quarto, meu pai disse que eu estava me saindo bem com os patins. Falou aquilo olhando diretamente pra mim. Então se deteve um pouco, como se precisasse medir muito bem o que diria a seguir porque não haveria outra chance tão boa. Tinha me visto de longe na ciclovia recém-inaugurada na praia, e eu parecia "bastante natural". Em seguida, desviou o olhar pro cinzeiro e perguntou, pigarreando um pouco mais que o normal, se eu gostaria de ganhar outro par. "Quero dizer, talvez como os da Cris." E logo emendou: "Os novos".

Se eu quisesse, ele daria "um jeito". Claro que ele daria *um jeito* se eu pedisse. Ele estava sempre dando jeitos. Tinha dado pra pagar a excursão pra Disney, impedindo que a Cris se tornasse uma pária na escola — porque foi o que ela alegou —, então daria pra me arranjar patins novos.

Meu pai parecia cansado o tempo todo, ainda mais à noite, depois do jantar — a única parte acesa era aquela faísca no Plaza que ele mantinha viva durante todo o tempo que ficava sozinho e em silêncio naquela mesa, só com seus pensamentos. Contando com esse cansaço, baixei os olhos, respondi que *"aqueles"* estavam bons pra mim e esperei que parássemos por ali.

Eu tinha vontade de falar que meus pés cresciam como mato, que a bota estava fazendo bolhas em todos os dedos e por isso eu precisava usar meias mesmo nos dias quentes e tinha roubado uma caixa de band-aid da farmácia. Que queria um Chicago exatamente como aquele, branco com rodas pink, mas dois ou três números maior, pra que continuasse comigo por muito tempo. E que eu colaria por toda a superfície uns adesivos metalizados novos de estrelas e flores que compraria na banca. São poucas palavras pra dizer, mas pareciam palavras impossíveis.

Ficamos mudos e imóveis por um tempo, encarando o prato de macarrão à bolonhesa quase vazio que a minha mãe voltou pra buscar no intervalo comercial, não sem antes fuzilar com os olhos o cigarro entre os lábios do meu pai, sacudir a cabeça e abrir a janela com força, fazendo o máximo de barulho pra que não fosse preciso dizer mais nada sobre sua infelicidade.

O molho à bolonhesa não era feito com carne de verdade, mas sim de *proteína vegetal texturizada*, uma novidade que ela tinha implantado naquele ano e decidido que seria a base da nossa alimentação, na forma de bolonhesa, almôndegas, bolo de carne, quibe e pastel, fingindo que era uma substituta à altura, mesmo que tivesse gosto e nome de algum derivado de borracha.

Ela saiu e a fumaça continuou ao redor da mesa. Eu nunca era rápido o bastante e não me sentia bem sendo o último a levantar, deixando meu pai sozinho. Tinha pena, mas meus olhos ardiam, e a expectativa em torno das palavras que quebrariam aquele silêncio me torturava. Quando vi já estava em pé, mentindo que precisava ir ao banheiro, cruzando as pernas e colocando as mãos sobre a virilha com aquela cara de *Tô me mijando*. O gesto deixava claro que se tratava de uma contingência, não de uma escolha, embora eu só quisesse sair dali antes que meu pai me pedisse pra não patinar mais com os Chicago.

O prazer mais uma vez cobrava seu tributo e eu pagava porque não tinha opção melhor. Até que todas as bolhas se romperam. Minha irmã substituindo meu nome por variações humilhantes não foi o suficiente pra me conter. Os moleques do condomínio vizinho murmurando *La le li lo lu patinadora* sempre que eu passava por eles, fazendo sabe--se lá quanto esforço pra não gritar, não me fizeram parar. Ainda não tinha completado um ano desde a morte dele. Como irmão mais novo do cara morto da vizinhança, eu tinha conseguido licença provisória pra existir de modo quase imperceptível. Não era exatamente meu ideal, mas foi uma trégua e um alívio, ainda que eu já soubesse que tais coisas nunca viriam sem um preço.

Os gritos, os assovios, as gargalhadas e os palavrões, cujas variações eu conhecia de cor, só estavam em encubação, à espera do estímulo e do momento certo. Se estivesse vivo, meu irmão apenas observaria a cena, me atravessaria com os olhos como se meu corpo não fosse sólido o bastante pra detê-los, e assim encorajaria o resto. Um irmão mais velho que não defende o caçula soa como uma permissão forte demais pra não ser aproveitada. Era estranho como a morte dele podia me trazer benefícios. Ninguém jamais seria tão bom em me torturar. Nem mesmo eu. Mas enquanto eu deslizava com os Chicago, nada me parava. Só a minha própria carne me interromperia.

2.

Os patins acabaram de vez pra mim em março de 1992, mesmo ano em que recebi o bilhete que ia mudar o curso de uma jornada árdua e solitária por um deserto afetivo.

A revolução viria sem estardalhaço, num pedaço de folha de caderno dobrado muitas vezes até se converter numa minúscula massa rígida pra que seu conteúdo chegasse inviolado à minha mesa. Nela havia cinco palavras: "A Laura gosta de você". A letra não era dela, mas da Ana Paula morena, que não estava fazendo aquilo por mim nem pela Laura, mas porque tinha começado a gostar do Tiago, que era meu amigo ou quase isso.

Tiago e eu não tínhamos muito em comum. Em outras circunstâncias não seríamos mais do que conhecidos, mas, desde que eu tinha mudado de escola, sem jamais discutirmos a respeito, ele esteve no mesmo perímetro que eu — o canto direito, junto às janelas que davam pra rua. Ele fazia parte da minha nova vida escolar, digamos assim, de um jeito que também era a síntese dele próprio: calado, sem graça e meio indecifrável. E isso era infinitamente melhor do que eu precisava aguentar na escola anterior. O fato de eu estar disposto a pegar um ônibus todas as manhãs até a Gávea só para deixar aquele poço sem fundo de assédio moral e ameaça física pra trás mostrava bem a extensão do problema, ainda que o argumento não fosse forte o suficiente pra minha mãe. Eu precisava desesperadamente de um novo começo, meu pai de algum modo entendeu isso e fez a coisa acontecer.

Eu não sabia mais do que meia dúzia de coisas a respeito do Tiago: o pai era médico e a mãe, psicanalista, tinha uma casa em Araras e uma irmã mais nova, era ruim em português e história e bom em matemática, física e geografia, passava todo o tempo livre estudando ou jogando Dungeons & Dragons com um bando de nerds mais velhos, e não era do tipo misterioso que despertava qualquer vontade de desvendar ou imitar, como o Mateus, o Leandro, a Vanessa e principalmente a Laura.

A Ana Paula morena mencionou o *amor* repentino por ele em outro bilhete, instantes depois, enquanto a saliva era drenada misteriosamente da minha boca e meu coração esmurrava o peito como se tivesse descoberto de repente que havia sido enterrado vivo ali dentro. Tudo se passava numa dimensão infinitamente distante daquela onde o professor Stein tentava ensinar alguma coisa num quadro abarrotado de composições químicas. Com seu jaleco branco encardido e seu fedor inconfundível, ele sempre chegava mais cedo pra deixar aquele mural monstruoso pronto antes de o primeiro aluno entrar na sala. Ainda sozinho no mundo novo que se abria com o bilhete da Ana Paula morena, eu tentava digerir o fato extraordinário e improvável de que poderia ser correspondido. Não por uma daquelas garotas por quem me sentia remotamente atraído, mas pela *Laura*. A Laura. Que reinava soberana sobre todas as meninas desde a sexta série. Que estava sentada na fileira ao lado, três carteiras atrás, localização que me obrigava a derrubar lápis, borrachas e canetas como se sofresse de algum distúrbio motor, apenas pra trocarmos um olhar rápido e constrangido.

Mas a Ana Paula morena não tinha tempo a perder e começou a sacudir as mãos com impaciência na fila ao lado. O fato de ela ter usado precisamente aquelas palavras, "Eu amo ele", não me pareceu superestimado na época, assim como eu não me perguntava como ela conseguia tirar nota máxima em quase todas as matérias mesmo passando as aulas escrevendo e distribuindo bilhetes com conversas complexas e nada urgentes, que poderiam esperar a hora do recreio ou da saída.

Nós nos permitíamos o luxo de não nos aprofundarmos muito nos nossos colegas, o que, pra mim, acabava sendo uma vantagem e tanto. Eles estavam sempre ali, onde e da forma que os tínhamos deixado no dia e no ano anterior, faziam parte da paisagem de um modo que parecia tão natural quanto a disposição das carteiras nas salas de aula, ou o fato de o mar estar sempre de um lado e os morros e as rochas imensas, do outro. A não ser por um episódio de caxumba, uma extração de siso ou um aparelho nos dentes, um cabelo que chegava diferente das férias ou o ano em que a Tati voltou de uma viagem pra Buenos Aires sem cabelo e com um piercing na sobrancelha, não havia muitas surpresas entre nós.

Eu não tinha entendido que desde o começo a Ana Paula morena esperava algo em troca daquela informação. O que ela havia feito configurava alta traição com uma das suas melhores amigas, porque a Laura tinha vergonha e não queria que ninguém soubesse dos seus sentimentos. Mas ela achou que valeria a pena se eu fizesse a ponte com o Tiago e formássemos dois casais numa tacada só, porque seria um final feliz — ideia que já começávamos a perseguir sem imaginar o peso das consequências. Eu só soube da dívida que acabava de contrair passivamente por um terceiro bilhete, em que ela escreveu com letras de fôrma a palavra "tonto", numa referência óbvia ao Chaves e ao Quico.

O problema é que, num lance quase engraçado do destino, o Tiago gostava da Ana Paula loira, da 102. O romance já estava em estágio avançado porque, depois de dois beijos de língua na última festa junina, eles combinaram de engatar o namoro assim que acabassem as provas do último bimestre. Nada fez sentido num primeiro momento, já que a outra turma do primeiro ano era vista pela nossa como inferior, um grupo desprovido de qualidades, e a Ana Paula loira havia se mudado pra lá *por vontade própria*. Como se isso não bastasse, ela era conhecida por ir à missa *porque gostava*, o que nenhum de nós respeitava. Mas, aos poucos, as coisas pareceram se encaixar de todas as formas possíveis. E quando eles chegaram ao fim do segundo grau ainda juntos, e entraram na faculdade de economia da PUC, cada vez mais juntos e distantes do resto, já eram vistos como dois galhos de uma mesma planta que cresce sem ser notada e, aparentemente, resiste a tudo.

A Ana Paula morena não ficou nem um pouco satisfeita ao ser informada sobre a rival, mas se recuperou com bastante dignidade e um mês depois se dedicava integralmente aos caras do terceiro ano, já que todos nós, do primeiro e do segundo, não passávamos de uns "moleques lesados" e ela parecia amadurecer em uma semana o que nos custaria meses, numa projeção otimista. Sem imaginar, ela me fazia um bem ainda maior do que entregar a amiga numa bandeja: tornaria a morte da minha avó tolerável. Da mesma maneira que a morte da minha avó tornaria a partida do meu pai quase imperceptível.

O primeiro ano de namoro com a Laura foi frenético. Além do longo aprendizado em que nos lançamos, incluindo beijar *de verdade*, enroscando nossas línguas a cada dia com menos saliva e pudor, eu também era absorvido pelas jornadas com a minha avó pelos lugares da sua infância e juventude, por onde ela me guiava enumerando detalhes e acontecimentos que não podiam caber numa única vida, nem no interior do apartamento onde serenamente se entrincheirou enquanto esperava que o corpo decaísse até o limite do aceitável. Eu tinha sido nomeado seu fiel depositário, a caixa-preta da sua história, e aqueles eram os passos culminantes de um pacto que alguns meses mais tarde chegaria ao seu ponto crítico: eu teria que ajudá-la a morrer.

3.

A minha avó não se abalou ao descobrir que não tinha muito pela frente. Fazia um bom tempo que aproveitava seus dias como queria e, quando ouviu a notícia do médico, disse as mesmas palavras que repetiria pra mim muitas vezes depois: "Tudo bem, já estava começando a me cansar desse negócio".

Ela tinha setenta e seis e achava que era um "número bonito". Preferia inclusive deixar este mundo aos setenta e seis do que aos setenta e sete, embora não soubesse explicar o porquê e se limitasse a fazer um bico e estalar a língua quando eu a questionava a respeito. O que sabia, isso sim, é que não perderia os cabelos e continuaria cem por cento ela mesma enquanto pudesse dar conta da tarefa. Não seria bombardeada por químicas nem rasgada por bisturis nem "remendada como um lençol velho". Ou seja, não trataria o câncer. Quando ficasse impossível fazer o básico, que pra minha avó significava andar até o Leme, dançar pelo menos um bolero e não se mijar no meio de uma crise de riso, daria um jeito e *resolveria*.

Costumava me dizer que sua vida não tinha sido especialmente complicada nem trágica. Não podia se queixar de muita coisa — uma vantagem que a maioria não tem. E que a melhor parte só começou com a morte do meu avô. Foi chocante ouvir aquilo a primeira vez, porém logo fez bastante sentido. Ela escolheu o marido, não desgostava dele, foram inclusive apaixonados até certa altura e se suportaram bem quando a paixão acabou. Mas a presença desse homem também funcionava como um campo gravitacional que a mantinha dentro de certos limites e de uma imobilidade confortáveis.

A certa altura, minha avó descobriu que era uma criança grande demais para as dimensões do próprio cercadinho. Queria ter viajado mais, e mais longe que a região serrana do Rio ou Porto Alegre, porém viagens longas desnorteavam meu avô e acabavam sendo um fardo pesado demais pra ela. No máximo, ele estava disposto a investir numa casinha em Araras, ou só dizia isso porque minha avó odiava mosquitos e vivia falando que só morta passaria frio de novo — o único frio que se sentia disposta a enfrentar era o europeu, que "valia o sacrifício", e assim a roda da impossibilidade dava mais uma volta completa.

O problema talvez nem fosse a limitação e o conforto em si, ela dizia, fatores que, "a depender das circunstâncias", podiam ser uma bênção, mas o fato de que a vida com meu avô acabou se tornando limitada e confortável demais, a ponto de afetar seus impulsos contrários. E essa foi a sua forma de me aconselhar a desejar tais coisas com moderação.

Meu avô tinha se fundado a partir do assentamento meticuloso de manias e certezas, e passou pela vida bastante satisfeito com o resultado. Também não achava necessário abrir espaço pra refutações, nem estava interessado em convencer quem pensasse ou vivesse de forma diferente da sua, desde que a diversidade alheia não o afetasse. Era dotado de uma espécie de cronômetro interno que o levava pontualmente de atividade a atividade sem que nenhuma experiência o afetasse. Levava exatos quarentas minutos pra ler o jornal do dia enquanto tomava uma xícara de café com leite e comia uma torrada com manteiga Aviação. Todas as manhãs, de segunda a sexta, pedia que a esposa apertasse o botão do elevador enquanto ele tirava o mesmo modelo de chinelos que usava havia quarenta anos e calçava os mesmos sapatos pra ir ao escritório.

Minha avó viveu por pelo menos quarenta anos nesse mesmo sistema, compartilhando percepções bastante avançadas, angústias e desejos muitas vezes contraditórios com aquele surdo seletivo, que tinha a astúcia de ouvir apenas o necessário pra não botar o casamento a perder. E, quando esse casamento esteve ameaçado e a hipótese de que ela passasse mais tempo com outras companhias — *mulheres*, *amigas*, claro — se apresentou, ele não se opôs. Uma jogada magistral da parte dele, que o mantinha no controle, ela admitia. Portanto, depois de atravessar o período nebuloso do que a minha avó chamava de "primeiro luto", o da quebra dos hábitos, ela passou a ouvir a si própria como se sua voz estivesse amplificada e mais clara do que nunca. E essa voz exigiu que ela se divertisse.

Pra minha mãe, o que se seguiu à morte do meu avô foi muito diferente. A existência sólida e programática, o sistema fechado de respostas, a certeza de que pelo menos ali jamais seria surpreendida por nenhuma variação decisiva: tudo isso a pacificava. Ela jamais tomava uma decisão sem consultá-lo e não achava necessário questionar nada do que ele dissesse, mesmo quando era incoerente e algumas das suas projeções falhavam mais adiante. Se meu pai a confrontava a respeito, ela se esforçava pra provar que a falha estava no mundo, nunca no pai *dela*. Mais que uma adesão ativa, da parte da minha mãe, se tratava de um ato de fé. Meu avô era um deus perfeito num culto monoteísta, minha avó costumava dizer sobre a relação dos dois. E também o ponto de equilíbrio, o vértice que tornava a ideia de família sustentável sem maiores atropelos e, sobretudo, sem problematizações arriscadas. Na ausência dele, a estrutura começou a ruir. E desmoronou por completo quando minha avó começou a se divertir pra valer.

Mãe e filha nunca admitiam ter afinidades, embora um observador imparcial pudesse, num breve intervalo, fazer uma lista de semelhanças entre elas. Passaram então a se unir no confronto do que acreditavam ser as suas diferenças. *Unir*, no caso delas, significava brigar. E não demoraria até começarem a brigar com vontade.

Não posso dizer que realmente conheci meu avô, e não sei se, além da esposa e da filha, mais alguém conseguiu acessar o que havia sob aquela camada fina que ele estava disposto a mostrar. Levando em conta os relatos da minha avó, desconfio que um explorador mais esforçado se decepcionaria com seus achados.

"Teu avô era chato, Manu, mas também era inofensivo. Você ainda é muito moleque pra entender a importância disso num homem."

Ele não falava mais do que julgava necessário — com ninguém, nem mesmo com as duas. Sua interação com crianças se restringia a assoviar pra pedir silêncio diante do menor ruído se estivesse trabalhando nos seus processos ou tentando dormir, e a me colocar sobre uma de suas coxas compridas e magras pra fazer cavalinho ou me acomodar sobre os ombros pra que soubesse como era ter o ponto de vista de um gigante por alguns minutos. Nunca achei que fosse pouco. Aqueles momentos raros equivaliam a entrar num quarto proibido. Dos três netos, eu era o único a ter essa abertura, e o dia em que ele me disse que eu estava grande demais pra fazer aquilo foi uma perda significativa. Só muito mais tarde entendi que não havia nada de exclusivo no meu privilégio, que eu só estava atravessando uma linha que meus irmãos mais velhos tinham cruzado antes de mim. A não ser pelos apertos de mão seguidos de um semiabraço rígido em datas especiais e pelos momentos em que esfregava minha cabeça com as pontas longas e enrugadas dos seus dedos artríticos, quando passava por mim a caminho do seu lugar à mesa — ele detestava esperar pelos outros, por isso era sempre o último a chegar ali —, meu avô nunca mais tocou em mim.

    Em casa e na escola, erámos convencidos constantemente a fazer coisas de que não gostávamos, como comer vegetais e bife de fígado ou correr em círculos ao redor da quadra de esportes com o sol a pino no auge do verão, porque diziam que não cresceríamos sem esses sacrifícios. *Crescer* era uma ideia que nos vendiam como um prêmio grandioso que só conquistaríamos com o devido esforço. A chave do sucesso não estava no prazer, mas na capacidade de renunciar ao próprio gosto. A tarde em que perdi o acesso ao corpo do meu avô foi a primeira vez que me ocorreu que crescer também poderia significar uma desvantagem grave. O segundo baque viria semanas depois da morte dele, num restaurante no Largo do Machado onde eu almoçava com minha mãe depois de uma visita a 'uma cartomante do bairro, no momento em que ela me informou que eu estava grande demais pra ir ao banheiro das mulheres.

De resto, no que diz respeito ao meu avô, só ficou um mosaico vago e duvidoso de memórias. Nos anos depois da sua morte, às vezes me deparava com uma fotografia ou ouvia uma história sendo recontada por alguém, e percebia que situações e imagens que eu via como lembranças não passavam de reproduções de segunda mão. O fato é que nunca prestei muita atenção nele. A única lição que posso atribuir ao nosso curto convívio é como e quando não importunar com a minha presença, aprender a existir até esse limite, algo que deveria ser mais ou menos estendido aos demais adultos. Além do mais, por algum tempo, tive meu próprio pai pra me ocupar e, eventualmente, idolatrar, com ou sem razões concretas pra isso, mesmo que ele quase nunca estivesse por perto.

Viúva, a minha avó continuou morando no mesmo apartamento, e seguimos onde sempre tínhamos vivido — nós no número 35, ela no 155 da rua Cinco de Julho, em Copacabana —, de modo que não foi tão fácil perceber a dimensão daquela mudança. Não pra mim, pelo menos. Eu olhei com curiosidade e tristeza o rosto pálido e enrugado do meu avô afundado num mar de flores brancas no centro da capela. Mas não deixava de ser o mesmo rosto que vi tantas vezes afundado entre almofadas no sofá da sala, depois do almoço. Também vi minha mãe chorar dias a fio, mas ainda almoçávamos no 155 às quartas-feiras e aos domingos. Nenhum móvel ou objeto tinha sido mexido, o escritório do meu avô seguia no mesmo lugar de sempre, a porta entreaberta ou fechada, os sinais da privacidade inviolável, assim como ainda vigorava o hábito de falar baixo quando eu ia pra sala da televisão com a Cris. A grande diferença era que agora minha avó e minha mãe conversavam pelo menos dois tons acima, fechadas na cozinha ou na área de serviço. Pra mim, ele havia sido menos um protagonista do que um código de conduta nos espaços que nossa família ocupava.

E então minha avó começou a receber os *amigos* dela. Quando se trata de família, a proximidade funciona como certas substâncias que, dependendo da dosagem, agem ou como remédio ou como veneno. A minha mãe descobriu tudo rapidamente e não pôde suportar ver tão de perto a sua terra santa frequentada por "todos aqueles estranhos" que minha avó "enfiava lá dentro". Mesmo que repetisse que sua mãe seria enganada e explorada, o problema central era outro: eles borravam os espaços da infância dela e sujavam seu acesso à presença impossível do meu avô.

"Não conto com ninguém!" "O declínio moral de uma velha que está evidentemente fora do juízo." "É imoral!" "É preciso dar um basta!" "Eu não suporto mais!" "Estou completamente sozinha!": a minha mãe adotava um vocabulário e um tom artificiais, meio novelescos, sempre que julgava alguém, em especial a minha avó. Como se, ao se colocar na posição de quem julga, absolve ou condena alguém por seus atos, ela precisasse *elevar* a linguagem, soar superior, *jurídica*. Fora das novelas e dos filmes de tribunal, eu não conhecia ninguém, além da minha mãe, que falasse assim.

Aquelas frases passaram a embalar todas as refeições e nós a ouvíamos resignados, quietos — não era esperado que eu, minha irmã e meu irmão nos pronunciássemos, e nosso pai sabia bem que papel deveria desempenhar. Ele em geral concordava com tudo, mas dava pra perceber que nem de longe as companhias que nossa avó escolhia pros seus dias de velhice estavam entre suas verdadeiras preocupações.

Do ponto de vista da minha mãe, ser filha única tinha deixado de ser uma vantagem pra se tornar uma tarefa sobrenatural. Ela poderia dividir o fardo se um feto de cinco meses não tivesse morrido na barriga da minha avó, dois ou três anos antes de minha mãe nascer. Ouvi essa história numa noite de Natal na casa dos meus avós, quando ainda não tinha idade pra saber que fetos e bebês morriam. Todos os adultos de repente ficaram muito bêbados e fora de controle, compartilhando segredos embaraçosos, dizendo coisas que só falavam pelas costas, alguns chorando, outros trocando acusações, pedindo perdão e assim por diante.

Estava dormindo no sofá da sala, grande o bastante pra eu e a Cris deitarmos completamente espichados sem nos tocar — a Cris tinha começado a achar repugnante qualquer contato comigo. Acordei com uma gargalhada muito alta, que sabia ser da minha mãe, seguida de uma sequência de gritos e de uma batida na mesa, e passei a meia hora seguinte aproveitando a oportunidade de me inteirar do que não diriam na minha presença, até meu pai aparecer com a respiração ofegante pra me levar pra casa.

Ele me pegou com todo cuidado e me carregou no colo, porque eu tinha fechado os olhos e fingido que estava mergulhado num sono profundo assim que ele surgiu no batente da porta. Foi a primeira e última vez que testemunhei aquele tipo de comoção na minha família enquanto meu avô esteve vivo. Com ele morto, seria rotina.

Solitária no front, minha mãe evocava sem parar a memória do pai dela, como se sua perseverança pudesse recolocar as coisas nos lugares adequados. E minha avó não deixava pra lá, fazia questão de lembrá-la de que ele estava morto e ela, viva *e* velha, e de que cabia aos mortos continuar mortos e aos vivos continuar vivos, principalmente os que já tinham "um pé de cada lado" e pouco tempo a perder.

O argumento parecia simples e sensato até pra uma criança como eu, mas pra minha mãe era como se ela estivesse matando o seu pai de novo com aquelas palavras, aquele humor e aquela vontade de viver que não cedia nem um centímetro. E assim sua ferida não se fechava — talvez fosse importante mantê-la aberta.

Já tinha se passado quase um ano da morte dele quando minha mãe saiu do apartamento da minha avó batendo a porta com toda a força de que foi capaz depois de uma discussão. Partiu tão determinada que me esqueceu sentado na cozinha, comendo um pedaço de pudim, e deve ter ficado com vergonha de voltar quando se deu conta.

"Se eu soubesse que ia ficar desse jeito, teria mandado empalhar ele", minha avó resmungou, e, notando meus olhos arregalados, deu uma risadinha meio maligna e uma piscadela enquanto ia até a geladeira pra pegar mais pudim. Não repetir a sobremesa era uma ofensa grave naquela casa.

Foi a primeira vez que ficamos totalmente a sós, ou com uma cumplicidade que ultrapassava as nossas posições oficiais. Eu não me importei nem um pouco porque quase não podíamos comer açúcar no nosso apartamento, no número 35. A única exceção era aquele fio de mel que minha mãe deixava cair nos nossos copos de leite com bolotas insolúveis de cacau em pó puro, e as barras de chocolate que comprava de vez em quando e administrava como se estivéssemos em racionamento de guerra.

"Um quadradinho pra cada um, no máximo *dois*."

Ela pronunciava aquele *dois* de um jeito que tentava nos fazer acreditar que existia um exagero ali, sem a menor chance de nos convencer. Toda aquela contenção só servia pra que eu continuasse pensando em chocolate até apagar na cama, e roubasse trocados sempre que tivesse chance, só pra poder comprar minhas próprias barras e comê-las inteiras até a garganta arder, ou acabasse descobrindo que sair das lojas Americanas com um tablete metido dentro da manga do moletom e no bolso da calça podia ser ainda mais fácil do que reunir a verba necessária ao procedimento lícito.

Mas na casa da minha avó mandava minha avó, e ela tinha passado décadas concentrando sua rebeldia na cozinha. Ali nunca faltaria manteiga, sal e pimenta, batatas fritas, arroz branco, refrigerante à vontade e sobremesas que não deixavam dúvidas de que havia uma quantidade letal de açúcar e gordura hidrogenada envolvidas — tudo o que minha mãe havia banido do nosso apartamento de cento e vinte e cinco metros quadros controlados com a fúria nutricional de livros como *A dieta revolucionária do dr. Atkins*. Minha avó também bebia dry martíni ou caipirinha ou cerveja enquanto cozinhava, harmonizando os pratos com o grupo alcoólico ideal, e não havia chance de o banquete acabar sem um bom *digestivo*. Meu pai a acompanhava em todas as etapas com gratidão e alívio, enquanto minha mãe só eventualmente cedia ao apelo de algum brinde. Quando meu avô estava vivo, ela bebia *o que* e *o quanto* ele bebesse, em geral um copo que eles faziam durar até o fim da refeição. Mas, fora alguns olhares enviesados, ela se controlava até o fim.

Só começava a criticar a própria mãe quando chegávamos à rua. Dizia que minha avó tinha colocado alho na comida sabendo que fazia mal pro seu estômago, que o sal fazia sua pressão subir, que a música estava alta demais e agora ela estava com dor de cabeça. Eu ouvia aquelas palavras do alto de uma nuvem de dopamina, onde elas não podiam me alcançar, confortado pela certeza de que o número 155 era uma espécie de oásis e estava fora da sua jurisdição.

4.

No que diz respeito à minha mãe, o único evento capaz de ofuscar o desaparecimento do meu avô foi o acidente do meu irmão, quase seis anos depois. Por causa do acidente e do tempo que meu irmão ficaria internado, eu passei a frequentar o 155 sozinho algumas vezes por semana. E, por causa dessas visitas, ganhei uma tutora septuagenária que mudaria tudo pra mim.

A intensidade que vinha da companhia da minha avó teve efeitos instantâneos. Até ali, eu crescia perigosamente solitário, convicto de que a sensação de isolamento que me acompanhava sem trégua era um caminho sem volta, um *traço pessoal* tão incontornável quanto aquele dedo no meu pé esquerdo que tinha espichado muito mais que o dedão. Tudo isso orientado somente pelas minhas próprias percepções e conclusões.

Assim que entendi que a espontaneidade me colocava em perigo, desenvolvi uma capacidade admirável de disfarçar e, quanto mais recorria a ela, mais confirmava minhas autoprofecias. Tinha amigos na escola nova e algum traço que parecia deixá-los confortáveis e estimulados a falarem de si mesmos. Graças a isso, nunca mais cheguei perto de ser um dos excluídos das festas de aniversário ou dos que passavam o recreio sozinhos ruminando um salgado gorduroso enquanto adiantavam a lição de casa e sentiam pena de si mesmos. Toda essa problemática da infância e da adolescência não estava entre os meus dilemas principais desde a sexta ou sétima série. Mas eu seguramente não seria um dos que pisavam com força ou desenhavam piroquinhas quando deparavam com cimento fresco no meio do caminho. Sem precisar pensar, daria a volta e atravessaria a rua se fosse necessário. Não chamava a atenção. Concentrava minha energia em encontrar formas de me sustentar numa condição limítrofe, que me permitisse estar em toda parte sem colocar meus *defeitos* e minhas inseguranças em evidência e, sobretudo, meus segredos em risco.

Dentro de casa, meu irmão só deixou de me ignorar pra se tornar O Inimigo. Lutar contra ele — se eu ousasse — era como fazer oposição a um sistema que me excedia. Minha mãe nunca conseguiu disfarçar sua preferência por ele. A Cris era uma fonte inexaurível de ocupações pra si mesma, o que a mantinha naturalmente à distância. Sobrava meu pai. Embora fosse perceptível o esforço dele pra compensar essa assimetria, sua atenção era uma câmara furada que se esvaziava depois de alguns metros. Ele parecia perdido numa angústia que eu atribuía à falência iminente da farmácia pequena e antiquada de bairro que ele mantinha em pé havia uns vinte anos, enquanto os velhos clientes se esgueiravam maravilhados pra dentro das redes mais *modernas* que começavam a se alastrar por Copacabana. A tensão explicava porque ele raramente vinha em meu socorro. Mas a verdade mais simples é que eu precisava de ajuda, e ele nunca se esforçava o bastante.

Pra minha mãe, meu pai parecia ter sido jogado no mesmo saco que eu e minha irmã, ou no mínimo dividíamos a mesma prateleira e o mesmo corredor naquele armazém de secos e molhados afetivos. Talvez ela tivesse sido moldada pra ser esposa, mas não a esposa *dele*, e pra ser mãe, mas não *a nossa* — como se todo o seu estoque de maternidade houvesse se esgotado no primeiro filho, e a Cris e eu, com a cumplicidade do nosso pai, fizéssemos parte de uma trapaça, duas criaturas geradas e paridas enquanto ela estava distraída com o primogênito. Talvez ela olhasse pro segundo marido e pra nós e enxergasse os usurpadores que ocuparam o lugar do primeiro, e então concluísse que existíamos às custas da morte dele.

Minha avó percebeu durante um almoço de domingo que eu e a Cris ainda não sabíamos que nossa mãe era viúva, nem que meu irmão era bastante pequeno quando ela conheceu nosso pai e que eles se casaram poucos meses depois, e tratou de nos colocar a par. Meu irmão não estava presente. Achei a conversa toda confusa e implausível. Eu tinha uns oito anos e lembrava vagamente de já ter ouvido o nome que a minha avó repetia, mas ninguém jamais havia mencionado que o meu pai não era o pai *verdadeiro* de todos os três, que nosso irmão não era irmão-irmão, e sim o filho de alguém que sequer conhecíamos. O anúncio foi interrompido em poucos minutos, mas tínhamos ouvido o bastante. A Cris me olhava e sacudia os ombros, sem saber se a nossa avó estava só mexendo com a nossa mãe. Entendemos que não era o caso porque ela se levantou da mesa e chamou a nossa avó pra cozinha. A discussão que vinha de lá foi abafada pelo meu pai, com a emoção da oferta de mais um copo cheio de refrigerante — a lei do copo único e só nos fins de semana tinha entrado em vigor naquele ano —, e também não durou. E aquelas informações continuaram soando meio vazias por muito tempo, sem um significado concreto, ainda que justificassem vagamente a nossa entropia familiar. O tema só viria à tona com força depois do acidente do meu irmão.

Durante uns três meses, minha mãe ficou praticamente internada na UTI com ele. A Cris ocupava os espaços possíveis e parecia tão desnorteada pelo fato de ter um irmão entre a vida e a morte quanto pela casa esvaziada de cuidados femininos. Enquanto isso, meu pai se virava mal. Eu e a Cris o acompanhávamos no supermercado aos sábados à tarde e o fazíamos comprar tudo o que queríamos, e não o que *deveríamos* comer. Eu pilotava o carrinho, superando rodinhas tortas e enguiçadas e hordas de velhinhos que atravancavam os corredores e despejavam ali toda sua agressividade, enquanto minha irmã vagava livremente garimpando seus próprios interesses. Nosso pai me seguia como um autômato e só despertava do transe na seção de bebidas alcoólicas, onde passava muito tempo olhando rótulos, pegando e devolvendo garrafas, tomando decisões que pareciam fatigantes. Quando passava pelo apartamento pra tomar banho e trocar de roupa, nossa mãe não percebia o arsenal de salgadinhos fedorentos, biscoitos recheados e refrigerantes que consumíamos como náufragos. Pensando bem, é possível que nosso pai permitisse aquilo só pra conseguir alguma reação que a tornasse presente, mesmo que fossem alguns gritos, mas tudo se confirmava inútil.

A posição dele não havia se transformado por completo, apenas declinara mais um tanto. Antes do acidente, ele incomodava ou destoava ou nunca se encaixava como deveria, com aquele jeito "pra dentro" de quem "escondia alguma coisa", conforme minha mãe repetia sempre que eles discutiam no quarto. Depois, virou praticamente o assassino do filho *dela*. Algo muito frágil tinha se rompido e ninguém ali sabia como consertar aquilo. Foi o carro *dele* que bateu contra aquele poste e capotou três vezes no Aterro do Flamengo porque *ele* teve a "excelente ideia!" de emprestar a chave num sábado à noite pra "um menino!", porque estava "bêbado demais pra pensar nas consequências" e porque "pensar nas consequências costumava ser mais a função dela".

Eu ouvia a Cris repetir aquelas coisas que nossa mãe só dizia pra ela, ou talvez dissesse pra si mesma em voz alta. Era outro recurso dramático que parecia vir das novelas, único hábito que ela não sacrificou depois do acidente, embora agora acompanhasse suas tramas preferidas entre estranhos numa saleta do hospital e não no sofá da sala, massageando os pés e as pernas com cremes mentolados que impregnavam o apartamento até a hora de dormir. A Cris se acercava dela como um desses cachorros de rua, tentando obter alguma vantagem que nem ela própria parecia saber definir, mas que eu tinha certeza de que era ocupar o espaço prestes a vagar a qualquer momento.

Quando voltava pra casa, ela repetia no telefone o que tinha ouvido, primeiro pra Clarice, depois pra Renata, ou pras duas ao mesmo tempo quando apareciam com um ar solene que não durava mais que cinco minutos a portas fechadas. Eu tinha desenvolvido toda uma técnica pra pegar a extensão da sala sem ser notado e ouvir as conversas da Cris com as amigas ou com os caras que tentavam namorar com ela. Também sabia como abrir cartas com vapor de chaleira e depois selar os envelopes perfeitamente. Estava ficando realmente bom em agir e passar pelos espaços e pelas coisas sem deixar rastros. Mas preferia quando chegavam as visitas.

As amigas da minha irmã me achavam "fofo" e me davam acesso ao quarto mais fabuloso do apartamento até o momento em que a concorrência a irritasse. Era o bastante pra que eu ficasse meio bêbado com os perfumes doces que vinham dos punhos e do pescoço de cada uma, harmonizados com os cheiros dos cabelos compridos sempre recém-lavados, que elas enrolavam na ponta de um dedo ou trançavam distraídas ou jogavam de um lado pro outro com uma naturalidade fascinante. Se estivesse de bom humor, a Cris me deixaria ficar até o momento em que falassem dos caras e do que eles começavam a fazer com elas, compartilhando suas listas de beijos e dando notas técnicas, em geral muito rígidas, entre gritinhos e gargalhadas. A partir desse ponto, eu ouvia tudo atrás da porta com a ajuda de um copo. Mas antes, na melhor das hipóteses, alcançaria o ponto máximo: elas me fariam uns minutos de cafuné, diriam que meu cabelo era fino e macio, e começariam a prendê-lo com xuxinhas e grampos coloridos e ririam do resultado, enquanto eu me esforçaria pra parecer contrariado — o que, pra elas, seria sempre o auge do meu charme e, pra mim, a garantia de uma próxima vez.

Nosso pai poucas vezes estava lá. Mesmo que estivesse, parecia dolorosamente consciente da sua condição e se movia pela casa como uma sombra cada vez mais esmaecida. Embora não houvesse brigas violentas, nem trocas de acusações diretas, ele tinha se deslocado um pouco mais pra fora do campo de visão da nossa mãe. Esse tanto bastava pra que ele contasse menos que um estranho.

Nossa avó passou a nos convocar pro almoço todos os dias, alegando que tinha feito comida demais. Eu ia sempre e ficava até ela me mandar embora, a Cris só de vez em quando e se retirava assim que terminava o prato. Minha avó não achava a Cris grande coisa e costumava ser meio indiferente ao nosso pai até aquele fatídico jantar de Natal. Contei a ela, orgulhoso, que tinha escutado boa parte da confusão e, já que aos seis anos de idade aqueles nomes não me diziam nada, ela me deixou a par do que eu tinha perdido: meu pai bateu na mesa e se revelou um legalista fervoroso enquanto meu avô defendia os milicos e chamava o Jango de "comunista safado", o Miguel Arraes de "bandido vermelho", e o pessoal das Diretas de "vagabundos e terroristas". Minha mãe, como era de se esperar, ficou do lado do meu avô, assim como a irmã viúva e os dois sobrinhos dele que apareceram apenas naquela ceia. Minha avó fincou os pés no lado do genro. Aqueles dois homens diametralmente opostos tiraram proveito do devido silêncio, mantendo suas posições discretas até ali e, se não havia como simplesmente voltarem à neutralidade, podiam pelo menos usar a bebida como desculpa. E foi o que fizeram.

E minha avó definitivamente não gostava do meu irmão. Era algo que me dizia sem nenhum rodeio mesmo enquanto ele estava no hospital, já desenganado pelos médicos. Na verdade, falava tudo o que passava pela sua cabeça sem qualquer filtro.

"Ah, não vou levar nenhuma tranqueira comigo." Era seu novo mantra.

"E você também não precisa se culpar por não gostar dele, essas coisas a gente não escolhe. Família é uma fatalidade."

Aquilo não soava como o tipo de coisa que uma avó falaria sobre seus netos, muito menos pra um deles, mas ela não se parecia com nenhuma velhinha que tivesse passado pelo meu radar. Meu irmão era "sonso e mau", e ela sabia disso desde que ele tinha começado a andar. Tinha acabado de ver *O bebê de Rosemary* e temia que ele pudesse ter algum componente diabólico, embora não descartasse que fosse um psicopata como o rapaz de outro filme de cujo nome nunca se lembrava — mas isso, o que ele era de fato e o que seria capaz de fazer, só o tempo diria com certeza. Sobre a Cris, dizia que era uma *idiotinha* que não ia chegar a lugar nenhum enquanto mantivesse a cabeça vazia, e sentia até um pouco de pena dela.

"Pouca, não muita."

A frivolidade da minha irmã estava entre os defeitos que a minha avó não estava inclinada a relevar em ninguém. Eu intuía que, ao dizer aquilo, queria me mostrar como eu me distinguia deles, e esperava alguma coisa em troca da sua franqueza — a peça que faltava, aquilo que um corpo tão frágil e franzino não poderia esconder por muito tempo sem se romper e se esfarelar por completo. Mas ela não me pressionava, não diretamente, o que me dava tempo pra cavar um pouco mais fundo e traçar rotas cada vez mais complicadas no buraco onde me escondia, pra não ter que dizer a verdade completa sobre mim.

Apesar de a Cris estar longe de ser a criatura mais desfavorecida da nossa casa, eu me solidarizava com seus dramas, mesmo quando ela dava o seu melhor em ser má comigo e que fosse impossível entender o que ela ganhava com isso. Eu era uma testemunha fascinada pela determinação com que ela investia na construção da própria aparência sob regras tão estritas. Também percebia o modo apressado como pronunciava as frases quando tinha companhia, engolindo letras pra regurgitá-las em seguida, como se a presença das amigas e dos caras a deixasse presa num *fast forward*: se não dissesse *logo* o que precisava, perderia sua chance. Isso contrastava com a outra garota que às vezes eu ouvia chorar dentro do quarto e que passava horas vestindo e tirando roupas, insatisfeita até o fim, ou imóvel em frente à televisão com uma expressão miserável. Apesar do barulho que envolvia sua performance social, o que mais ressoava pra mim era o silêncio que ela tentava encobrir sempre que havia testemunhas.

Nunca consegui descobrir se existia um enigma a ser decifrado ali, ou só um vazio em que ela se perdia, mas, fosse o que fosse, minha irmã parecia sofrer. Por algum tempo, essa dúvida me mobilizou e eu me concentrei em encontrar brechas e furar seus bloqueios. Mas isso foi antes que ela vencesse o concurso de Paquita.

Na época, eu não tinha como saber que o concurso seria o fim melancólico da Cris. Eu matava aula pra ver a minha irmã na televisão e nenhuma glória podia ser maior do que conseguir vestir suas roupas por alguns minutos. Enquanto todo mundo encarava aquele feito como o primeiro passo em direção a uma vida notável, nossa avó foi a única pessoa a perceber que aconteceria precisamente o contrário.

5.

Toda vez que eu dizia, "Vó, você é terrível", ela respondia, "A pior", e estava falando a verdade mais uma vez. Então eu ria, ela ria — aquilo havia se tornado uma coisa *nossa*. E eu não tinha uma coisa assim com mais ninguém.

Ter passado pelo filtro exigente dela não só inflava como concretamente salvava minha autoestima de danos que seriam irreparáveis em outras circunstâncias. Eu queria abraçá-la e encher de beijos seu rosto escorregadio de cremes e maquiagem por dizer aquelas coisas sombrias e cruéis sobre quem tornava minha vida difícil, como se fossem constatações serenas e irrefutáveis, mas ela não gostava muito de ser tocada. Não assim e não por crianças.

Minha avó começou a reconstruir sua vida sexual e amorosa com uns homens velhos como ela e logo percorreu uma curva etária descendente que uma hora chegou aos trinta e cinco anos: um sujeito de rabo de cavalo e um quê de *latin lover* que eu achei forçado e irritante. Ela mesma não parecia totalmente à vontade com a situação, e isso não a impediu de tirar algum proveito.

"O que eu posso fazer? Eles vêm que nem moscas na merda!"

Eu vi o tal sujeito numa sexta-feira em que apareci sem telefonar, cedendo a um impulso, o que transgredia nosso trato. Minha avó não gostou e me mandou embora logo na porta. Entendi que estava acompanhada pelo modo como tentou bloquear a passagem, então menti que se tratava de uma emergência e precisava usar o banheiro — o velho golpe infalível. É preciso muito sangue-frio pra negar banheiro pra uma criança.

"E não tem banheiro na tua casa, Manu?", ela disse baixo, com o braço firmemente estendido entre o vão aberto e o batente.

"Não dava tempo. Por favor, vóóóó!", respondi, pondo em ação o teatro completo — corpo arqueado, careta sofrida e mãos cruzadas sobre a virilha.

Ela me deixou passar a contragosto, mandou usar o lavabo que estava sempre com a descarga enguiçada e não saiu de perto da porta. Também não fez menção de nos apresentar. Foi o bastante pra eu ver tudo o que precisava: lá estava um rapaz de pele torrada de sol e maxilar quadrado instalado no sofá da sala, não com a rigidez de uma visita normal, mas *esparramado*, com os cabelos úmidos, a camisa aberta demais e um sorriso malicioso que formava covinhas nas bochechas *e* no queixo, e continuava no mesmo lugar quando saí do lavabo e fui expulso.

Voltei no dia seguinte com a cena toda ensaiada. Sob o moletom largo, tinha uma camisa cheia de babados da Cris, aberta até o umbigo, que revelei entre passos de lambada enquanto avançava cantando pela sala — *Seu corpo estremece e já não consegue parar, seu sol se espalha na pele fazendo suar —*, até cair no sofá com as pernas abertas e uma mão apertando o saco. Minha avó gargalhou até as lágrimas e, assim que se recompôs, me passou um sermão.

    Como ela não me entregou um nome, passei a chamá-lo de Magal, e ainda que não perdesse a chance de vestir blusas bufantes pra continuar fazendo aquelas cenas de tempos em tempos, o Magal foi mesmo um caso isolado e não durou mais que duas semanas. Depois, minha avó estacionou na casa dos cinquenta e cinco, sessenta, que viria a ser sua faixa ideal. Os velhos começavam a ficar doentes com muita frequência, ela dizia, e "homens não sabem ficar doentes". Não pretendia lamber as feridas de mais ninguém, nem, muito menos, enterrar outro companheiro. Os de setenta, naturalmente, embora houvesse exceções, tinham menos energia que os de sessenta e cinco pra baixo, eram apegados demais aos próprios hábitos, e ela precisava de companhias energéticas, que não atrasassem sua marcha. Já os de sessenta e poucos acabavam, como a minha avó, investindo em alvos mais jovens, e ela não os culpava por isso, nem perderia tempo tentando convencê-los de que valia por duas de trinta e cinco.

    Uma das vantagens que vieram com a viuvez foi que minha avó pôde voltar a dançar — o que meu avô detestava fazer e evitou nos últimos vinte anos de vida com um diagnóstico falso de hérnia de disco. Não demorou muito pra que ela descobrisse a trapaça, mas achava que alguém capaz de conseguir um laudo falso, com raio X e tudo, só pra não ter que ir num baile com a própria esposa, merecia ser deixado em paz.

Foi nos bailes que minha avó conheceu os dançarinos a ficha. Basicamente, eles eram pés de valsa entre os vinte e os cinquenta, galanteadores e, em geral, com pouca educação formal, remunerados pra rodar o salão com senhoras sem par — viúvas e divorciadas animadas, com algum dinheiro no banco. Eles se apresentavam como professores particulares de dança e alguns de fato davam aulas em estúdios com luz fria que pagavam mal e os obrigavam a complementar a renda. O Magal fazia isso desde os dezoito anos.

Demanda havia, muita, assim como pacotes informais variados que, além das danças avulsas, incluíam serviços de chofer, companhia pra jantares, cinema e cama. As transações costumavam ser claras e tabeladas, sem rodeios e complicações. Minha avó administrava aqueles serviços eventuais como mais uma despesa rotineira, um dinheiro que poderia ser gasto em terapia, massagem ou acupuntura, mas que ela preferia investir em samba de gafieira, salsa, forró, bolero, cerveja, vinho, comida condimentada, piadas sujas, risadas, elogios duvidosos e os últimos orgasmos de uma longa vida em que gozar nem sempre foi uma opção. Ela os chamava de *amigos* e eu conheci pelo menos dois.

Os conflitos só começavam quando os filhos descobriam as negociações. Minha mãe não escapou à regra quando soube o que minha avó andava fazendo com *todo* seu tempo livre, e, numa das suas curvas de interpretação prodigiosas, entendeu que pagava por aquilo com a própria herança. Foi assim que se iniciou a guerra entre as duas.

A partir dali, minha mãe passou a chamá-la de Teresa — "meu pai" e "a Teresa". Começou a investigar o caso a fundo pelo caminho que deve ter julgado mais fácil: tentando arrancar informações de mim e aproveitar minha rotina de visitas pra me infiltrar como espião. Mas àquela altura eu já tinha escolhido meu lado e dominava a arte de me fazer de desentendido.

"Como se a vó fosse me contar esse tipo de coisa."

"Você jura que nunca nem viu nada?", ela insistia.

"Nah... Nada além do normal da vó."

O script não variava: não sabia de nada, não via nada, pra mim a vó continuava sendo a avó de sempre. Seguindo firme nessa linha, não precisei ir mais longe. Depois de um punhado de tentativas, ela me deixou de lado e passou a subornar os porteiros do 155 com quentinhas de sobras do almoço e o que chamava sonsamente de "gorjetas pro cafezinho". Como contrapartida, eles contavam o bastante pra mantê-la interessada, mas não demais, pra não acabarem mal com *a Teresa*.

Se eu tivesse decidido trair a confiança da minha avó, seria difícil saber por onde começar. Desde os meus doze anos — quando meu irmão morreu —, ela tinha suspendido com determinação a censura entre gerações. Estava sempre disposta a me contar os detalhes de qualquer assunto que eu quisesse saber e ia além quando entendia que minha curiosidade ainda não contava com o alcance necessário. Nesses momentos, me pegava pela mão e mostrava o caminho.

Até então, nunca tinha me ocorrido que ela também fosse uma mulher. Nem que a posição de avó, que a colocava numa categoria humana distinta, era só uma entre muitas. Suas roupas e joias dificilmente seriam um convite pra mim, seu corpo pequeno e ressecado me remetia a uma arvorezinha antiga que, apesar do tronco cinzento e dos galhos retorcidos, ainda florescia. Nunca a um corpo feminino e sexuado.

No entanto, foi ela quem me iniciou na área de um conhecimento em que eu era tão ignorante quanto a maioria dos garotos e garotas da minha idade. Minha educação começou com uma pergunta:

"Do que você gosta: gurias ou guris?"

Franzi a testa e a boca como se ela tivesse me perguntado se eu era uma pessoa ou um gato, se eu preferia tomar sorvete ou comer gelo. Ela não se impressionou.

"Não tem resposta errada, Manu. Pelo menos não aqui entre a gente."

"Claro que meninas, vó", respondi, desconfiado. "Por que tá me perguntando isso?"

Ela ainda me encarava.

"Por causa do teu jeito."

Eu estava assustado demais pra chorar, embora parecesse a única ação possível.

"Preciso que você seja honesto comigo. Se for guri, eu ainda posso te ajudar, mas a conversa vai ser diferente. Só não tenho tempo pra perder indo na direção errada."

Eu nunca tinha *gostado* de um menino, então dei minha palavra e seguimos em frente.

Até meus quinze anos, enquanto os outros à minha volta se lançavam em práticas afoitas e equivocadas, com resultados que seriam inflacionados mais tarde em relatos duvidosos, eu recebia lições teóricas sobre tópicos que minha avó trazia junto com fatias de bolo, pudins, sonhos e copos de refrigerante. "Come outro pedaço, hoje vou te contar mais umas verdades sobre a *perseguida*." "Entenda uma coisa: a maior parte das mulheres não chega nem perto de gozar se não apertar os botões certos." "Deixa eu buscar mais um pouco de calda e te explicar como funciona esse negócio de menstruação". De gravidez a menopausa, passando por minúcias valiosas como zonas erógenas, lubrificação e "Presta bem atenção, menino: não é tudo sobre o teu pinto. Tem que saber usar direito a língua e os dedos. Lín-gua e de-dos, entendeu?" — e ela esticando a língua pra fora e balançando os dedos como se desse *tchauzinho* enquanto eu me contorcia entre espasmos de constrangimento e crises de riso. "E como você tem sorte, vou te dizer como é que se faz e, principalmente, como é que *não* se faz."

Minha avó ainda vivia na cidadezinha semirrural no interior do Rio Grande do Sul onde tinha nascido quando sangrou pela primeira vez. O sangue escuro e pastoso do primeiro dia se converteu numa hemorragia vermelho-vivo a partir do segundo e ela passou uma semana achando que estava à beira da morte. Havia recém-completado doze anos, a mesma idade que eu tinha na tarde em que ouvi aquele relato. Era pouca idade pra maior parte das coisas, mas o suficiente pra ela entender que o que acontecia naquela região do seu corpo tinha que ser tratado como uma "coisa suja" e inadequada, por isso nem sonhou em pedir ajuda. Já se despedia, resignada, das coisas de que mais gostava — uma galinha chamada Pintadinha, um cachorro chamado General, a roupa da crisma, um sapatinho preto envernizado que ainda precisava calçar com um jornal amassado na ponta — quando minha bisa encontrou uma calcinha manchada na gaveta de meias e lhe entregou um conjunto de *toalhinhas higiênicas* sem dizer nada além de "te forra até parar" e "vai acontecer todo mês", num tom exasperado de criança que acabou de perder a boneca preferida.

A tal bisa, naturalmente, também não preparou a filha pro que aconteceria seis anos depois, quando meu avô estaria em cima dela na noite de núpcias, na cama dura de um balneário de águas termais perto de Santa Catarina. A calça social caída no chão junto com a cueca, a camisa ainda abotoada, o colarinho engomado roçando o pescoço dela, as meias marrons esticadas até perto dos joelhos. As poucas amigas com alguma experiência naquilo em geral fugiam do assunto e preferiam temas como corte e costura e receitas de ambrosia. O corpo dela, no entanto, parecia bastante preparado pra alguma coisa que *não* estava acontecendo ali.

E, depois de uns poucos minutos dentro dela, talvez dois ou três, se movendo estranhamente, mais espasmos que movimentos ativos, quando o incômodo do hímen rompido começava a ceder pra um desfecho mais promissor, meu avô se contorceu, ganiu e gozou. Minha avó, que havia esperado até aquela noite a contragosto, nunca o perdoou por isso.

Era inconveniente imaginar o corpo ossudo do meu avô e o corpo pequeno e macio da minha avó envolvidos nas mesmas operações eróticas que eu teria pela frente, e assim as imagens que eu produzia na minha cabeça se pareciam mais com encontrões e cutucões, como se eles fossem bonecos de plástico, sem aberturas, nem fluidos nem possibilidades de penetrações.

Anos mais tarde, eu me lembraria dessas conversas e entenderia que minha avó não estava só desabafando. Ela queria que eu entendesse que a ignorância da sua geração e das que vieram antes tinha feito a maioria absoluta das mulheres infeliz por séculos, e que um rasto tão comprido de infelicidade não se apagaria sem educação e perseverança. E ainda assim não seria fácil. Mas era preciso começar por algum lugar, e ela estava tentando fazer sua parte. Comigo.

"Escute bem o que vou te dizer, Manu: quem é infeliz na cama não consegue ser feliz fora dela."

Eu ficava apavorado e maravilhado com essas máximas que ela disparava depois de um longo silêncio, enquanto eu comia biscoito com sorvete de creme e ela esvaziava mais um copo, e ouvíamos Thelonious Monk ou Bessie Smith ou Charlie Parker ou Jacques Brel ou Edith Piaf ou Julie London ou Serge Gainsbourg, ou jogávamos buraco, ou andávamos pelo bairro até a praia, enquanto a luz do final da tarde se esvaziava. Era quando ela mais gostava de ver o mundo. Se eu não aprendesse o que minha avó me ensinava ou fosse incapaz de aplicar o que havia aprendido na prática, teria como horizonte não uma ligeira sensação de tempo perdido compensada por uma média final passável, mas a certeza da infelicidade.

A frequência dos encontros dependia da agenda dela. Pra todos os efeitos, na versão oficial, ela me dava aulas de francês — o que de vez em quando acontecia. E eu costumava pensar nela exatamente como a professora de um curso extraordinário, e em mim mesmo como um iniciado numa sabedoria secreta. Sempre voltava pra casa com mais material do que me sentia capaz de processar.

O que acontecia nos intervalos em que não nos víamos precisava passar pelo filtro da minha avó. Só assim eu tinha certeza de que não estava sendo engambelado pelos outros adultos. Como num domingo em que a minha mãe decidiu, do nada, que iríamos à missa da noite e que tínhamos que chegar uma hora mais cedo, depois me deixou sozinho no banco duro e entrou num cubículo escuro junto com um homem baixo e redondo que suava muito na cabeça e usava batina, mas tinha um rosto bonito demais pra um padre. Na segunda-feira, fui direto da escola pra casa da minha avó com a pergunta latejando na minha língua.

"Tá, vó, mas e os padres?"

Ela, com sua serenidade característica, respondeu que os que não trepavam — "porque, não se engane, muitos trepam" — acabavam "neuróticos e pervertidos", de modo que eu nunca deveria confiar num padre, e nunca mais confiei mesmo. Passei a tratar os que andavam pelo colégio com um desprezo disfarçado de circunspeção, e a acompanhar minha mãe naquelas incursões intermitentes e sempre repentinas à igreja da Barão de Ipanema, como um recém-convertido. Mas, em vez de ver as últimas horas do domingo se perderem num banco onde nenhuma criança poderia se encaixar direito, eu zanzava ao longo do corredor que acabava no confessionário, fingindo interesse pelos quadros da via-sacra, certo de que era só uma questão de tempo até o flagrante.

6.

Só depois de cobrir todo o básico, minha avó chegou às *amigas*. Costumava pronunciar aquela palavra de um jeito bem específico, prendendo um pouco os lábios, um cacoete involuntário que indicava que havia algum sentido bem escondido entre as letras. Mas, assim que decidiu ir a fundo no tema, passou a soar diferente, menos debochada e ferina, quase doce. Foram só duas *amigas*, uma delas por quase cinco anos.

A primeira, uma cabeleireira judia que vivia no Flamengo, se chamava Ruth. Elas se viam uma vez por mês, no começo de cada lua crescente, porque os encontros coincidiam com o calendário lunar de retoques de tinta e cortes de cabelo. Minha avó seria sempre a última da agenda e tudo acontecia ali mesmo, no salão de paredes verde-escuras que a *amiga* tocava sozinha, entre doses de uísque. O que estava incluído naquele "tudo"? Por muito tempo, nada além de conversas. Longas, íntimas e esperadas demais. Falar com a Ruth era como viajar por um país estrangeiro, minha avó me disse. A conversa foi o combustível do resto, porque a Ruth não apenas era uma boa ouvinte como também trazia notícias de um mundo que, pra minha avó, era esotérico. Por ali circulavam homens de cabelos peculiares e uns ternos tristes que sobravam no corpo, e mulheres de cabeças raspadas encobertas por perucas longas, vestidas com roupas sem corte. Pessoas que ela viu a primeira vez aos dezoito anos, quando se mudou pra Porto Alegre já casada, porque não havia nenhum judeu ortodoxo na cidadezinha onde nasceu. Minha avó nunca teve expectativas muito altas em relação aos homens, e por isso as mulheres a intrigavam mais. E aquelas pareciam não só resignadas, mas satisfeitas com o que, no perímetro de seus preconceitos, não podia ser mais que um conjunto de equívocos, regras e hábitos incoerentes e nada práticos. Com exceção da Ruth.

No mesmo ano em que minha avó começou a frequentar o salão, meu avô precisou tirar a vesícula e agia como se, num erro de cálculo, tivessem extirpado sua alma. Foi uma época mais silenciosa e morna do que qualquer outra em casa, e o susto e as descobertas que Ruth trazia só não fizeram um estrago maior porque, de repente e sem explicação, ela fechou o salão e sumiu. Por quatro sábados consecutivos, minha avó ficou de tocaia em frente à sinagoga que a família da Ruth frequentava no bairro Peixoto — a filha pequena dentro do carrinho era um álibi tão condenável quanto perfeito. Quando enfim cruzou com uma Ruth quase irreconhecível ao lado de um barbudo de quipá, e a *amiga* baixou os olhos sem cumprimentá-la, entendeu que não lhe restava nada a fazer a não ser exigir que meu avô fosse menos chato.

Ele considerou a reivindicação justa e prometeu que faria o possível.

* * *

O *possível* do meu avô incluiu fingir que não notava a passionalidade de uma relação que surgiria algum tempo depois. De um dia pro outro, Marta, a nova professora da minha mãe, dominou minha avó. A inteligência da Marta, o humor ferino, a audácia, a liberdade, o estilo, as opiniões, qualquer detalhe que lhe dissesse respeito ocuparia o centro de todas as conversas, tornando-se o único assunto capaz de acendê-la. Como meu avô se enfurnava em seu escritório no Centro das nove da manhã às sete da noite, tudo o que precisava fazer era não procurar o que não estaria em casa quando voltasse.

A Marta tinha uma beleza que não se mostrava pra quem esperava o óbvio de uma mulher, a minha avó me disse. O fato de não parecer exatamente masculina nem feminina não a tornava neutra, e sim não domesticada, vivamente sensual e superior a todas as pessoas que ela conhecia. Lia muito, podia ser vibrante ou totalmente hermética, e era uma das poucas mulheres naquele Rio de Janeiro dos anos 1950 com planos e assuntos que iam além de casa própria, carro, casamento e uma ninhada de filhos saudáveis. A ideia geral de felicidade da época, aliás, fazia a Marta revirar os olhos e se eriçar como uma gata. Seu horizonte era mais largo e agora incluía abandonar o posto de professora primária em Copacabana e fugir pra Europa com uma mulher casada.

Pra ilustrar essa história tantos anos depois, minha avó contava com uma edição francesa amarelada de *Madame Bovary* que ganhara da Marta no seu aniversário de trinta anos. Naquele momento, ela era basicamente uma mãe em tempo integral, já tinha deixado de dar aulas na Aliança Francesa e nem imaginava que, anos mais tarde, se tornaria tradutora juramentada por influência do meu avô. O livro vinha com trechos sublinhados à caneta, uma ausência completa de sutileza que queria (e conseguiria), num só golpe, seduzi-la e reforçar possíveis dúvidas sobre o seu casamento. Agora, já meio desfeito, era tudo o que restava dela naquele apartamento, enquanto meu avô continuava por toda parte.

Ela pegou o livro das minhas mãos, tentou reencaixar umas páginas soltas, leu algum trecho pra si mesma e foi guardá-lo na estante resmungando e balançando a cabeça. Quando lhe perguntei sobre o fim da história — eu merecia um —, minha avó se lançou numa sucessão de atividades, todas desnecessárias, e logo me mandou pra casa, porque, como eu "podia ver", ela "tinha mais o que fazer". Mas o que eu podia ver era uma coisa diferente, e eu queria entendê-la. Não me mexi da cadeira e mais uma vez tentei lhe dar o tempo de que precisava. Ela seguiu perambulando pela casa, batendo portas, abrindo e fechando gavetas, varrendo o chão, colocando roupa na máquina e, por fim, se trancou no banheiro por um período que começou a me preocupar. Provavelmente esperava que eu desistisse e fosse embora, mas continuei à mesa folheando revistas velhas, jogando o jogo que ela era capaz de jogar, atento a qualquer ruído suspeito que pudesse vir do corredor.

Ela voltou vestida como se fosse sair de casa, me viu ali e, contrariada, aceitou a derrota. Deu meia-volta, buscou uma garrafa de cerveja na cozinha e se sentou à mesa.

"Não tem nenhuma grande história. Um dia a Marta caiu em si e desistiu."

Ela estava certa, eu esperava uma grande história e um desfecho dramático, algo ainda maior que uma cabeleireira desaparecida vista meses depois na rua como uma completa desconhecida. Mas aquela resposta não me deixava com muita margem. Exceto, talvez, pelo tom da voz, que tinha um quê de suspeito. Me agarrei a essa possibilidade. Mesmo que o tom tivesse mais a ver com ela mesma, e as decisões que fizeram sua vida ser o que era, do que com o fim daquela relação, valia investigar. Como? Eu não fazia a menor ideia. Ficamos em silêncio por alguns instantes — eu imerso numa mistura de constrangimento e maquinação, minha avó visivelmente aborrecida. Até que ela saiu da sala outra vez e retornou carregando a lata de biscoitos amanteigados, que colocou sobre a mesa com força desnecessária, a boca meio repuxada de contrariedade. A cada semana, parecia mais magra e menor, mas seus movimentos continuavam enérgicos. E no instante em que eu começava a me render e perdia a disposição de avançar no assunto, ela prosseguiu por conta própria.

"Eu sempre fui uma furada e a Marta, que era inteligentíssima, sabia disso." Fez uma pausa e tomou um gole que terminou com um arroto curto. "Nem sempre a inteligência serve pra muita coisa... É isso. Ela foi embora pra São Paulo achando que eu era uma vaca manipuladora e não quis mais conversa. Parece que se meteu com política, trabalhou num jornal de esquerda. Uns anos depois, morreu, e eu só soube disso bem mais tarde."

Outro gole e o olhar perdido entre as revistas que eu tinha espalhado horas antes em busca das minhas garotas da capa preferidas. Pensei que ia me repreender e usar a bagunça como desculpa pra se livrar de mim, mas minha avó não parava de me surpreender.

"Você teria gostado dela. Quero dizer, vocês teriam gostado um do outro", disse enfim.

A única palavra que me ocorreu dizer foi a que vi sair da minha boca, já arrependido: "Claro".

"Claro" não significava nada, não expressava um conhecimento concreto nem uma concordância genuína. Eu não podia saber, assim como não sabia o que fazer com o que havia acabado de provocar na minha avó. Estava seguro de que ela nunca se abatia com nada e que sua maior qualidade era o desprezo genuíno pelo passado, que se encarregava de devolver ao presente a devida importância. Ela tinha conseguido me contar a história da sua vida por meses a fio sem nunca soar melancólica ou saudosista, e agora eu estava comprometendo todo o mecanismo.

Continuava pensando num fechamento menos preguiçoso quando minha avó fechou a lata intocada, se levantou pra guardá-la na cozinha e disse, sem se virar pra mim: "Não acredito em arrependimento, a não ser neste: eu fiz a Marta perder tempo. Ela merecia ter encontrado uma pessoa menos dividida. Espero que tenha feito isso antes de morrer".

O que significava aquele tremor nos lábios dela? Minha avó indestrutível estava prestes a chorar? Pensei com alívio que o gesto de guardar a lata, agora sim, indicava um ponto final e me apressei em planejar o tópico que levantaria quando ela voltasse. Algo que garantisse uma mudança de direção.

Ela voltou com mais um copo cheio e eu começava a abrir a boca pra perguntar se tinha notícias do Zé Carlos quando fui interrompido.

"Sabe o que é mais estranho? Eu nunca vi o corpo, não vi o caixão nem visitei o túmulo. Pra mim, parece que a Marta ainda está por aí... Mas, pra falar a verdade, fazia anos que eu não pensava nisso."

Perguntar sobre o Zé Carlos ou qualquer outro *amigo* seria inútil e soaria bastante insensível. Era como se a Marta tivesse acabado de morrer, ali mesmo naquela sala. Tínhamos voltado à estaca zero. Num lance desesperado, cogitei mencionar meu irmão, mas ela entornou o que tinha sobrado da bebida e se levantou com um dos seus estalos de boca, indicando que entraria em ação de verdade.

"E não é agora que vou começar a pensar."

O álcool bateu e o rosto da minha avó se iluminou. Eu gostava de olhar pra esse rosto e perceber que ele envelhecia com dignidade porque pertencia a alguém que gostava do tempo, estava em paz com o tempo e não respeitava nada mais do que o tempo. Minha avó se lembrava pouco da Marta àquela altura da vida. Restavam apenas uns fragmentos e uma certeza sem evidências concretas de que nunca houve nada além de prazer nos seus anos com aquela *amiga*, e esse parecia ser o único foco de melancolia que resistia, uma *tranqueira* da qual ela não poderia se livrar, nem se quisesse.

7.

No dia em que meu irmão morreu, eu acordei sozinho no apartamento, comi uma tigela cheia de Snow Flakes ("A vida fica muito mais doce") com leite gorduroso e fui mexer nas coisas da minha mãe. Em cima da cômoda, num vaso de porcelana, ficava o arsenal de tiaras. Provei todas elas. As mais largas, forradas com tecidos estampados e coloridos, neutralizaram a aparência de mini Kurt Cobain que eu ostentava graças a outra manhã sem supervisão em casa e um kit de descoloração que peguei da farmácia. Pintei a boca com um batom roxo, depois com um alaranjado, depois com um vermelho, e fiquei bastante satisfeito ao confirmar que meu cabelo estava comprido o bastante pra que uma onda se formasse e batesse no meu rosto quando eu virava a cabeça de repente. Assim de relance, esse rosto parecia o de uma garota bonita.

Era uma manhã de sábado do mês de janeiro, o que significava que a Cris devia estar na praia, meu pai na farmácia, minha mãe no hospital, e eu tinha o caminho livre pra experiências mais elaboradas e de baixíssimo risco como aquela. Normalmente teria aproveitado a chance e avançado até o quarto da Cris, mas uma força maior me atraía pro apartamento da minha avó.

As histórias com a cabeleireira e a professora não saíam da minha cabeça e passei a voltar ao 155 como um viciado, na expectativa de novas revelações. Mas minha avó contou o que contou e não voltou mais ao assunto nem deu sinal de que avançaria naquela direção. Continuei esperando que cedo ou tarde ela bebesse o bastante e acabasse se traindo, como tinha feito outras vezes. Mas não.

Naquele sábado, pedi pra ver fotografias antigas assim que cheguei, disposto a uma inspeção detalhada. Precisava de imagens que atualizassem, com outras figuras, as histórias que tinha ouvido nos últimos meses. Ela pareceu satisfeita em me atender, porque não questionou meu pedido, apenas indicou, com a faca afiada que usava pra cortar carne, o lugar onde guardava a escada e apontou um compartimento alto no armário do antigo escritório do meu avô. Ali achei pelo menos uma dúzia de álbuns grossos e pesados, que fui tirando aos poucos, entre espirros. Ninguém mexia neles havia não sei quantos anos, o suficiente pra que muitas páginas estivessem coladas, e pra que o ato arriscado de abri-las fizesse eu me sentir o arqueólogo que quis ser quando sonhava em ter a vida do Indiana Jones.

Por que toda aquela urgência?
Nas rodinhas escolares, os garotos usavam palavras como bicha, viado e sapatão como insultos mesmo antes de terem clareza do que significavam na prática. Sempre haveria um pai, um irmão mais velho, vizinhos, parentes ou um repe-

tente pra nos apresentar ao mundo do seu jeito e ver esse mundo se adensar em nós. Antes de conhecermos mais que uns poucos rudimentos sobre o assunto, todos sabiam que esses insultos tinham a ver com sexo e, sobretudo, que bichas, viados e sapatões eram aqueles que apanhavam mais, os mais avacalhados — consequentemente, os que tinham uma vida pior. Eu sabia disso melhor do que ninguém porque era o que acontecia comigo na escola antiga.

Entre garotos, raramente se admitia desconhecer algo que o resto parecia dominar. Foi assim no caso do Meinha, um moleque atarracado, de cabelos castanhos e pele encardida, sempre descascando, que ganhou aquele apelido na quinta série. O apelido estava lá quando cheguei e devia dizer o bastante, mas não pra mim, o que não me impedia de fingir, porque entendia o básico: implicava algo vergonhoso. Se alguém gritasse "Meinha!" quando ele chegava ou saía da sala de aula ou do pátio, ou se jogasse uma meia suada na cabeça dele depois da educação física, eu ria com o resto da turma.

Se tivesse perguntado pra algum colega o que afinal significava aquela palavra, havia cem por cento de chance de ele responder com bravatas do tipo "Tá querendo fazer meinha, né, Manu?" ou "Olha aí o Manu todo interessado em meinha!". Alto e claro, pra todo mundo ouvir. Até que ponto o conhecimento valia o risco? Eu estava sobrevivendo bem na escola nova e nem gostava do Meinha.

Quem resolveu parte do meu problema quando eu tinha uns oito anos foi a Julia, a vizinha do andar de baixo, uma garota fortona e esperta, quatro anos mais velha, com quem eu brincava desde sempre. Aos treze ela já era dona de peitos grandes que tratava como um fardo e pretendia operar, e de uma presença de quem conhecia a vida. Sem nenhuma afetação, a Julia me explicou que viado era uma palavra "escrota" e que *gays* ("É como se deve dizer, Manu. Ou *homossexuais*") eram simplesmente homens que não gostavam de mulheres porque "gostavam de outros homens". Diante da minha expressão perplexa, ela completou, agora sim com certo enfado, que isso era bastante natural, que em outras épocas ser gay tinha sido até melhor do que não ser, e que talvez até ela mesma fosse homossexual. Como eu não fui capaz de imaginar um mundo desse jeito, ela falou sobre gregos e romanos, filósofos e guerreiros que não tinham nada a ver com as imitações que os moleques faziam — com uma mão quebrada, outra na cintura, e uma voz fina saindo por um biquinho ridículo —, ou os Trapalhões, e falou também sobre uma ilha paradisíaca onde as mulheres eram lésbicas à vontade e escreviam poesia. E agora que eu sabia de tudo isso, a Julia concluiu, não tinha desculpas pra me comportar como um idiota ignorante.

Eu levava as opiniões dela bastante em conta e dessa vez foi um alívio ouvi-la, além de altamente instrutivo. Já que eu não me encaixava naquilo de não gostar de meninas, tinha um problema a menos com que me preocupar no futuro. Porém, a normalidade dos garotos da escola e da minha família, a única que eu conhecia e me afetava, era outra, e sobreviver naqueles espaços exigia a capacidade de ser visto como cúmplice mesmo quando a cumplicidade sacrificasse um punhado de convicções. Isso com certeza não me tornava melhor que ninguém, mas garantia minha sobrevivência no campo inimigo. Durante todo o tempo infinito e absoluto da infância e da adolescência, nem por um momento senti que contava com a força necessária pra impor minha própria lei, como outros faziam sem esforço. Tampouco pra me permitir imaginar uma realidade diferente. Por isso me submetia e mantinha meus segredos muito bem guardados.

A atração por meninas de fato nunca foi objeto de dúvida: eu me apaixonei a primeira vez por uma amiga da minha irmã aos cinco anos e continuei me apaixonando por tantas outras. Sempre em vão, sempre à distância, porque a possibilidade de rejeição colocava em risco o que de fato importava. Eu não amava esperando algo do presente, mas como se uma recompensa por vir fosse o estímulo de que precisava pra continuar em movimento, me aperfeiçoando. Também achava que a substância que existia sob os meus disfarces era estranha, errada, anormal, e o esforço de mantê-la encoberta, além de cansativo, eventualmente descarrilhava num convite à autodestruição. Mesmo assim, e talvez por isso mesmo, aquelas paixões me salvavam.

Quando a Julia chegou com novos parâmetros, contrariando o senso comum dos garotos da escola, também me deixou diante do impasse de desconhecer a palavra que daria conta da minha situação. Haveria uma palavra boa o bastante pra descrever aquilo? Se existisse, que destino me reservaria? Como não fui capaz de perguntar a ela, tive que seguir assim, me virando com o que parecia indizível.

No mundo real, que a Julia não podia controlar, garotas parecidas com ela, como a Vanessa e a Carla — nada mais nem menos que as garotas mais divertidas e espontâneas —, de uma hora pra outra eram convertidas em prováveis lésbicas e sapatões. De acordo com os parâmetros de uma tabela que os caras portavam como um acessório de fábrica, elas começavam a parecer mais masculinas ou menos femininas que o *aceitável* e isso perturbava a paz local. Havia debates nas paredes e portas de banheiros, na hora do intervalo, a caminho do ginásio, nos bastidores das festinhas.

O PJ e o Ricardo armavam cenas pra testá-las. Deixavam de lado as meninas de quem supostamente gostavam e chamavam as "suspeitas" pra dançar assim que a primeira música lenta começava. Na pista, à meia-luz, faziam pequenos avanços sob olhares incrédulos só pra ver no que dava. Numa dessas, o PJ acabou gostando da Vanessa. Levou um fora, depois outro, ficou obcecado por um tempo, depois passou a difamá-la com mais vontade do que nunca. O Ricardo acabou se tornando amigo da Carla e não queria que aquilo fosse muito público. Eu costumava me fazer de sonso, não abria a boca nem pra engrossar o caldo nem pra defendê-las, mas, quando as encontrava sem os caras por perto, me sentia culpado e tentava compensar com favores e gentilezas além do normal.

De uma hora pra outra, essas classificações haviam se tornado rotineiras e cruciais, e a maioria falava delas como especialista. E em geral, a mesma maioria concordava sem precisar discutir, coisa rara, que os *giletes* formavam o grupo mais repulsivo de todo aquele espectro de *anormais* que, com maior ou menor violência e publicidade, seriam localizados e rebaixados. Como se o ir e vir entre machos e fêmeas configurasse não só um tipo inaceitável de contaminação, como também um desvio de caráter especialmente pervertido.

Nunca duvidei que ver as coisas como a Julia era o melhor que eu tinha a fazer. Mesmo assim, parecia inevitável olhar pra minha avó e pensar que era possível vê-la nos termos hostis daqueles outros, os que davam as cartas. Eu queria ir em frente e perguntar se ela, a Ruth e a Marta eram lésbicas ou giletes, porém o medo das consequências — minha avó pensar que eu também era um *idiotinha* — funcionava como um mecanismo bloqueador. A longa história com meu avô e com os *amigos* apontava pra segunda opção, mas até a ideia de tornar aquele pensamento audível me deixava envergonhado. Nomear uma coisa a tornava real, complexa, carregada de circunstâncias e associações. Escolhi a opção menos complicada e não disse nada. Foi como colocar um band-aid em cima de um machucado feio. Só o fato de não precisar olhar pra ele parecia melhorar a situação.

Quando meu irmão se trancava no quarto com os amigos, eu tratava de me afastar. Os mesmos elementos que me tornavam *fofo* aos olhos das amigas da Cris faziam de mim uma presa obrigatória pro bando dele. No fundo, eu sabia que eles não passavam de um grupo de caras meio feios e espinhentos que não se sobressaíam em nada e lidavam com a situação odiando e invalidando qualquer um que os lembrasse disso. Essa consciência tênue impedia que exercessem poder sobre mim? Claro que não.

Eles se autodenominavam "o quarteto caveira": Xande, um loiro magrelo com as pontas dos cabelos queimadas de sol, e muito mais alto que os demais; João, um moreno atarracado com traços árabes e uma cicatriz profunda que cortava a sobrancelha e se estendia ao largo do olho esquerdo, deformando um pouco sua expressão; e Edu, que sofria de um desvio de septo bastante visível, usava aparelho nos dentes e parecia malhar só a parte de cima do corpo. Além de "viadinho", o Edu gostava de me chamar de "Ô Paraíba" — mas só se meus pais não estivessem em casa. Os olhos do meu irmão eram claros e, antes de serem eclipsados por uma pele esburacada e vermelha de onde brotavam erupções que ele apertava e espremia até sangrarem, pareciam hipnotizar as pessoas que não conseguiam dizer mais nada além de "E esses olhos, meu deus?!" e, depois, sorriam constrangidas diante do castanho ordinário que eram só duas manchas no meu rosto e no da nossa irmã. E ele também tinha pernas fortes, moldadas pelo futebol. A musculatura sempre retesada lhe dava um aspecto meio ameaçador. Apesar dos quatro serem tão diferentes entre si, seus traços particulares se dissolviam quando estavam juntos.

Eu não me interessava pelo que falavam, mas, como estavam quase sempre exaltados no quarto, suas vozes ressoavam em qualquer parte da casa. E bastava ouvi-las uma vez. As garotas que não se interessavam por eles eram classificadas como "machorras" e "sapatas". Os caras que eles detestavam não podiam ser nada além de "bichonas". Usavam variações para os mais "delicados" — os que andavam com meninas, não jogavam futebol nem lutavam jiu-jitsu, caratê ou tae kwon do —, ou para si próprios, quando queriam se ofender. "Tománocu, viado", a sequência mais frequente, seria invariavelmente seguida de "Tománocutú, sua bicha" ou "Chupa aqui, baitola". Talvez reservassem "viadinho" pra mim porque eu era muito mais novo que eles e ficava, portanto, num nível abaixo na escala de desprezo. E não importava que fosse a palavra *errada*: me atingia em cheio.

Eles jogavam futebol toda quarta-feira à noite num ginásio em Laranjeiras e aproveitavam pra extravasar fazendo faltas intencionais que eram comentadas entre uivos e gargalhadas. Como eles próprios organizavam as partidas, ficava por isso mesmo, bastava recrutar novas vítimas. Tinham entrado na TJB, a Torcida Jovem do Botafogo, e puxavam briga na saída do estádio. Tratavam da coisa como uma responsabilidade, algo que tinha que ser feito. E sempre arrumavam brigas em festas e bares quando estavam juntos e em vantagem e tinham pra onde correr. Mas a atitude encrenqueira só se revelava quando se reuniam. Separados, passavam por pré-adultos inofensivos que não valiam um segundo olhar.

Em casa, sem a gangue, meu irmão nunca dizia não a um pedido dos nossos pais, mas também nunca participava ativamente de conversas à mesa ou sentava conosco pra ver televisão. O quarto dele era equipado com uma portátil comprada no Paraguai que também funcionava como rádio, micro system e toca-discos. Ele só precisava sair dali pra comer e usar o banheiro. Assim que terminava a refeição, levantava, deixava o próprio prato na bancada da cozinha e não era mais visto. Se estivesse assistindo à TV na sala e alguém chegasse, desaparecia. Se não estivesse na rua, se trancava no quarto pra estudar, ouvir música e dormir. Se dormisse demais de manhã, deixando pra mim e pra Cris o ônus da pilha de louças acumuladas desde o jantar, nossa mãe pedia que não fizéssemos barulho: com certeza tinha estudado até tarde e mais ninguém ali teria um vestibular pra medicina pela frente. Não sei se ele realmente pretendeu fazer medicina em algum momento, mas aquela carta lhe rendeu pelo menos três anos de privilégio.

Pra mim, a parte dos discos foi por muito tempo o conflito mais difícil de resolver. Desde moleque eu ouvia coisas como Sex Pistols, Ramones, Clash, Cure, Pixies, Joy Division e Smiths vazarem daquela porta e, apesar das personalidades opostas e dos sete anos que nos separavam, me via balançando o corpo, tocando guitarras imaginárias e pensando: *é isso*. Dentro — ou seja, eu — e fora — quer dizer, o mundo — se tocavam e explodiam em ondas de pertencimento. Como meu irmão podia ser o intermediário de um acontecimento daquela dimensão?

Ele não chegava a ser carinhoso com nossa mãe, mas recebia os gestos melosos dela com uma timidez que a encorajava e enternecia, como se ele fosse um animal arisco e perigoso e ela ficasse maravilhada e satisfeita com o fato de não ser atacada. Também não me lembro de tê-lo visto responder mal a alguém muito mais velho. Mesmo que sempre usasse poucas palavras, elas pareciam estudadas, parte de um vocabulário selecionado previamente pra manipular o mundo dos adultos e nunca levantar suspeitas sobre si.

Mas comigo e com a Cris ele era diferente. Outro sintoma impenetrável que veio com a puberdade do nosso irmão foi sua determinação em restringir ao máximo o contato com a gente. Quando lhe dirigíamos a palavra, mesmo pra dar um recado, ele simplesmente nos ignorava. Agia como se fôssemos imperceptíveis ou não valêssemos sequer um olhar ou um instante de cortesia. A Cris parecia não ligar, logo dava as costas revirando os olhos e ia cuidar da própria vida. Mas eu transbordava de mágoa, me perguntando o que tinha feito pra merecer um tratamento tão humilhante.

Quando eu era muito pequeno, dobrava meu orgulho e insistia. Batia na porta do quarto dele, sempre trancada por dentro quando ele estava em casa e por fora quando saía, e continuava chamando seu nome até cair no choro ou ser vencido pelo cansaço e pelo tédio. Se reclamasse com minha mãe, ela me repreendia: ele devia estar ocupado, eu que fosse brincar em outro canto, arranjasse outra coisa pra fazer além de "perturbar" meu irmão, que, afinal, "não era mais criança". Era seu modo de me fazer entender que já não fazíamos parte do mesmo time, que agora era cada um por si.

No começo da tarde daquele sábado, um vaso sanguíneo se rompia e inundava a cabeça do meu irmão enquanto eu me deslocava sem pressa por dezenas de imagens coladas em folhas de um papel grosso e escuro, nos álbuns onde meus avós apareciam cercados daqueles que tinham povoado sua vida. Ali estavam seus próprios pais e avós, seus tios, primos, amigos, professores, colegas, chefes, enfim, pessoas que passavam por diversas idades, mudavam de forma, de cenário, assim como se alterava a sua frequência naquelas páginas. Vila Alegria, Porto Alegre, Rio, a única viagem que meus avós fizeram para a Europa com um casal de amigos que pareciam deslocados e infelizes. Alguns desapareciam de repente, ao passo que outros ressurgiam mais gordos ou com um bigode ou carregando um bebê. A moda mudava e as expressões nos rostos variavam — mais endurecidas e solenes ou descontraídas e engraçadas. Saber o que eu já sabia sobre a minha avó me despertava a consciência de que muitos ali deviam esconder atividades, sentimentos e pensamentos, porções inteiras de si mesmos que não podiam ser lidas naqueles álbuns. Era isso que acontecia com ela — e comigo.

Minha avó apareceu pra me chamar pro almoço e, quando acabamos, em vez de dormir por meia hora, como costumava fazer nos finais de semana, decidiu usar o espaço livre na mesa pra montar um quebra-cabeça da Muralha da China que estava guardado junto com os álbuns. A atividade logo se mostrou penosa, ela resmungava a cada dois minutos que as peças eram pequenas e parecidas demais, que aquilo não tinha graça nenhuma, que era por isso que seguia guardado e desmontado fazia sabe deus quanto tempo naquele armário. "Vai desistir, vó?", eu respondia, sabendo que aquela pergunta tinha um efeito tonificante sobre a vontade dela. Enquanto estivesse ali, eu podia perguntar sobre os rostos que não reconhecia, sobretudo as mulheres, uma vez que qualquer uma poderia ser a Ruth ou a Marta.

Minhas perguntas eram seguidas de um pequeno balé: minha avó se aproximando do álbum, depois se afastando, trocando os óculos, depois imóvel, só as órbitas dos olhos em movimento enquanto se esforçava pra levantar as fichas. De repente: "Esse aqui era um sacana", "Essa era uma fanfarrona", "Essa era uma cobra", "Essa era boazinha, mas muito enjoada".

Se ela não se lembrava direito das pessoas ou das circunstâncias, eu encarava como má vontade com a minha investigação e ficava emburrado. De algumas, não restava muito mais do que as imagens inertes para as quais minha avó olhava com o mesmo frescor, mas sem o mesmo interesse que eu.

"Acho que era prima dessa outra aqui", ou "Nunca vi mais gorda", dizia depois de uns segundos de observação, com uma peça desbotada de céu ou um pedacinho de muro entre os dedos. Um bocado deles também já tinha morrido àquela altura, e, quando ela constatava isso, não parecia fazer muita diferença. Eu me remexia na cadeira. Não entendia como era possível que não soubesse, já que estavam ali, juntos no mesmo cenário, presos no mesmo pedaço de tempo. Do alto dos meus doze anos, aquele esquecimento parecia incompreensível. Como alguém podia simplesmente esquecer o que viveu? E como a morte de alguém que um dia segurou seu ombro e gargalhou com você poderia se esvaziar de sentido?

E, acima de tudo, aquelas figuras congeladas em álbuns que ninguém mais abria me faziam pensar no que não estava ali, no que tinham vivido antes de se tornarem os velhos que depois conheci, ou nunca viria a conhecer porque agora estavam enterrados no passado esquecido pela minha avó.

Não havia nenhuma foto da Ruth, mas, pra surpresa da minha avó, encontramos duas da Marta. Numa, bastante desfocada, ela estava posicionada atrás de três fileiras de crianças — a turma da minha mãe. Ela devia ter cinco ou seis anos e estava exatamente no centro do grupo, bem segura, ou mesmo desafiadora, como se tivesse começado um incêndio na sala ao lado e mal pudesse se conter à espera de que os outros percebessem. A outra fotografia tinha sido feita pela velha Fuji do meu avô na mesma sala onde estávamos, no jantar dos trinta e cinco anos da minha avó. Ela e Marta lado a lado numa mesa com outras quatro pessoas que, na época, eram próximas. Dessas, minha avó se lembrava bem. O barbudo com óculos fundo de garrafa e uma armação pesada romperia com meu avô anos depois, no rastro do primeiro de abril de 1964. Sumiu do mapa e depois foi dado como desaparecido no auge do governo Médici. Eu começava a virar a página quando ela segurou minha mão e me olhou de um jeito inquisitivo. Eu conhecia bem esse olhar e me preparei pro impacto: ela esperava mais de mim. *Aquela* morte significava alguma coisa.

"Quando digo *desaparecido* quero dizer que ele foi morto pelo governo. Você já tem idade pra saber disso, certo?"

Eu acenei que sim com a cabeça, embora nunca tivesse pensado a respeito desse jogo de palavras. Governos não faziam parte do meu campo de interesses. Nomes como Geisel, Figueiredo e Tancredo em geral eram mencionados pelos adultos à minha volta com menos entusiasmo que outros como Raquel Acioly, Maria de Fátima, Ivan, Odete e Heleninha Roitman. As crianças que eu conhecia também estavam muito mais interessadas em passar o tempo nas próprias ficções.

A única exceção talvez fosse a Tati, uma menina que eu idolatrava na quarta série e que mudou de escola um ano depois. Ela tinha nascido em Lisboa, porque os pais haviam se exilado na época, depois de serem presos no Rio. Ela contava a mesma história muitas vezes e dizia "exilados" com uma gravidade que deixava claro que se tratava de uma situação ruim, mas heroica. Eu não tinha ido muito além dessa percepção, porque, quando a Tati me perguntou se eu sabia o que significava exílio, respondi que sim e não podia voltar atrás. Também sabia, por causa daquela noite de Natal que acabou em gritaria, que, durante muito tempo, meu avô achava três coisas sobre a época dos milicos: 1) tinha sido boa e justa; 2) o Rio de Janeiro era uma cidade tranquila, com não mais que meia dúzia de bandidos; 3) só bandido era preso e morto. Do mesmo modo, sabia que meu pai achava o contrário, porque gritou "canalha!" três vezes, e tudo levava a crer que gritaria outras tantas se minha mãe não tivesse lhe mandado calar a boca mais alto ainda, instantes antes de ele me levar pra casa.

A mulher de cabelos curtos ao lado do barbudo também esteve presa, mas tinha a sorte de ser filha de alguém importante, com *relações* dentro do governo, disse minha avó. Foi solta semanas depois e se exilou no Uruguai, onde acabou se casando de novo. Sobre o outro casal, ela só tinha a dizer que "eram dois chatos de galocha sempre disponíveis para fazer volume". Mas o que mais me intrigou naquele momento não foi que o governo pudesse matar um homem que tinha jantado com meus avós na mesma sala onde estávamos agora, mas que minha avó não se lembrasse de que existia uma foto sua ao lado da Marta no alto daquele armário.

A Marta era diferente do que eu imaginara. Cabelos escuros na altura dos ombros, lisos e volumosos, com algumas mechas grisalhas, embora o rosto fosse o de alguém jovem demais pra ter cabelos brancos. O queixo inclinado pro alto, os olhos castanhos encarando a câmera — meu avô — de cima pra baixo. O rosto comprido tinha uma aura de superioridade não forçada, tão constitutiva quanto um nariz ou uma mão. Ela usava uma camisa listrada sob um colete masculino, segurava um cigarro aceso, e a minha avó não tinha exagerado: ninguém naqueles álbuns parecia tão interessante quanto ela.

Minha avó foi extremamente bonita, tinha olhos afiados e duros, que pareciam atravessar o que viam. Os cabelos passaram de compridos e meio selvagens pra curtos e arrumados demais, mas os olhos permaneciam os mesmos, assim como as orelhas de abano do meu avô, que em algum momento ele tentou, sem sucesso, disfarçar com costeletas enormes que lhe davam uma aparência de sagui. Os álbuns, aliás, não mentiam: ele sempre foi feio.

Minha mãe reunia traços dos dois: as pálpebras caídas e o rosto quadrado do meu avô, o nariz fino e os lábios bem desenhados e escuros da minha avó. Criança, adolescente e jovem adulta, estava sempre sorrindo e fazendo poses que pareciam estudadas e meio artificiais, como se tivesse algo a provar pra câmera.

E ali estava o pai do meu irmão: diante das cataratas de Foz do Iguaçu, um sujeito alto, de peito largo, bigode ridículo, costeletas grossas, sorriso confiante e um braço comprido em volta dos ombros da esposa barriguda, uma mulher ainda longe de ser minha mãe. Ali também estava a origem daqueles olhos que todo mundo elogiava no meu irmão. E, de uma hora pra outra, o bigodudo desapareceu daquelas páginas, e o meu pai surgiu. E a minha mãe já não ria nem posava da mesma forma.

A confusão na minha cabeça se misturava aos cheiros do apartamento. A lavanda nas roupas da minha avó, o carvalho dos móveis do meu avô, a velhice que impregnava a casa, apesar dos esforços dela, os biscoitos amanteigados que sempre me servia na lata, fechando e guardando em seguida. Então fui invadido por uma tristeza enorme que a morte dela, que eu nunca tinha imaginado, trazia. Era o destino de todos os que estampavam seus álbuns — o tempo não estava a favor de ninguém.

Aquelas mortes de repente passaram a carregar a minha, e a da Cris, a da nossa mãe, a do nosso pai, e a da Laura, de quem eu já gostava, e a de todos os que eu conhecia, jovens ou velhos, próximos ou não. Menos a do meu irmão. Foi a primeira vez que tive total consciência de que, por mais jovens que fôssemos, não continuaríamos assim por muito tempo, e talvez tenha sido a primeira vez que admiti pra mim mesmo que *queria* a morte dele.

Então o telefone tocou. A minha avó me deixou na sala e voltou uns cinco minutos mais tarde com cara de quem chorou e jogou água fria no rosto.

"Temos que ir pro hospital ajudar a tua mãe."

Eu tinha passado parte da noite de outro sábado, dois anos antes, tentando subornar a Cris com o que podia oferecer — minha cota semanal de potes de iogurte de morango e lavar os pratos na vez dela, uma, duas, três, oito vezes consecutivas — e constatando a insignificância do meu poder de barganha. Só pedia em troca que me deixasse ir com ela e as amigas na matinê da Help. Jurei que encontraria com o Pedroca, o Mauricio e o Gus lá dentro, que também tinham nove-quase-dez e iam com as irmãs, o que era mentira, e ela de algum modo sabia disso. Garanti que nem me enxergaria lá dentro até que acendessem as luzes e encerrassem a música pra nos expulsar — o que de fato pretendia fazer. A Cris permaneceu incorruptível.

Não era a primeira vez que eu negociava uma ida à matinê, mas não restariam registros tão detalhados de nenhuma outra. O ritual tinha se estendido durante todo o dia, a começar pelo meu pai me mandando pedir pra minha mãe. Antes de falar com ela, fiz alguns gestos *espontâneos* de boa vontade. Lavei a louça quando estava por perto, levei um copo d'água gelada que ela não tinha pedido quando se sentou pra ler a última edição da *Manchete*, elogiei seu vestido de ficar em casa e a permanente recém-feita que a deixava com um aspecto de poodle. Não me afobei, esperei até pegá-la num bom momento, o que me obrigou a passar parte da tarde ligado em todos os seus movimentos, como um sismógrafo à espera de um intervalo de calmaria e boa vontade. Tudo o que consegui foi a resposta de sempre, que só iria acompanhado da minha irmã. Caberia à Cris concluir as negociações.

Mas só me lembro de tantos detalhes desse sábado por causa da manhã seguinte.

Nossa casa sempre acordava mais tarde aos domingos. Nem sempre a Cris estava lá, já que tinha passe livre pra dormir na casa da Renata ou da Clarice nos fins de semana. Mas naquele sábado foi diferente. Ela preferiu aproveitar o período de pulso único pra falar com elas pelo telefone semiprivativo que tinha conquistado ao passar de ano sem ficar em recuperação. Ouvi parte da conversa na extensão da sala e, uma vez que nada ali me pareceu muito promissor, achei que estaria melhor no meu quarto. Fui pisando forte pelo corredor, meu irmão certamente tiraria o máximo proveito do chevetão do meu pai e não voltaria antes que o dia nascesse. Só assim o apartamento podia ficar um pouco sob meu domínio.

Ajeitei a cadeira contra a porta, resgatei meu butim na passagem secreta debaixo da última gaveta e repassei o inventário: dois pares de brincos completos — um com uma pérola falsa, o outro com um raio de metal —, uma argola prateada grande (sem par), três presilhas coloridas, seis elásticos de cabelo, um pente vermelho, um batom moranguinho, uma pulseira de latão com inscrições peruanas, um relógio velho de corda (estragado) que eu fingia ser um bracelete de ouro, uma bandana vermelha, uma miniblusa de paetê cor-de-rosa, a parte de cima de um biquíni de oncinha. Trecos que tinha pilhado nos últimos dois anos da minha mãe e da Cris ou das amigas dela que passavam pela casa e costumavam deixar alguma coisa pra trás. Acrescentei umas moedas de cinquenta centavos na lista de entradas e saídas que tinha feito segundo o modelo do livro de contabilidade da farmácia do meu pai, e reorganizei todos os itens na caixa de charutos de madeira que a minha avó tinha separado pra jogar no lixo.

Não sei a que horas peguei no sono, porque meu relógio de pulso estava sem bateria. Mesmo que não pudesse ir à matinê de domingo, sei que dormi satisfeito. Podia fazer um rabo de cavalo no alto de cabeça e a minha mãe ainda não tinha dado falta do par de brincos de pressão pretos pescado dias antes no fundo do porta-joias que ela escondia sob uma pilha de roupas. Ela costumava ser um sensor de objetos faltantes, e eu sabia que sempre culpava as faxineiras, mas, como eu ainda não tinha as orelhas furadas e não podia usar os outros, dava um jeito de sufocar a minha consciência. A pressão fazia os lóbulos pequenos e finos pulsarem e deixava marcas que custavam a sumir, por isso era mais seguro prová-los antes de dormir. Fiquei lendo revistinhas da Turma da Mônica com as duas bolotas brilhantes presas às orelhas até meus olhos começarem a se fechar sozinhos. Guardei os brincos, soltei os cabelos, tirei a cadeira da porta e fui pra debaixo do lençol.

Já era de manhã quando acordei com uma coisa ardendo dentro de mim. É estranho que a ardência e a dor tenham me acordado antes do peso que já estava alojado sobre meu corpo e os movimentos necessários pra baixar meu pijama e tapar minha boca. Não sei quanto tempo demorou pra que eu entendesse que não era um bandido que tinha invadido o apartamento — perigo sempre iminente nas conversas da portaria —, nem um dos pesadelos recorrentes em que eu tentava escapar de uma onda gigantesca engolindo a cidade — Copacabana sempre a primeira a cair — e acabava preso e sufocado, buscando uma saída que não existia. Também demorei a entender que aquilo cravado entre as minhas pernas não era uma faca, mas o pau do meu irmão.

Assim como eu não sabia que uma dor podia ser tão intensa, ele não deve ter antecipado a intensidade do meu grito. Ao perceber que a mão espalmada não era o bastante pra abafá-lo, ele pressionou minha nuca e forçou meu rosto contra o travesseiro enquanto dava estocadas cada vez mais fortes. Uma, duas, três. Cada uma seguida de um grito mais rouco.

O som sem dúvida vinha da minha boca, eu o reconhecia, mas não era meu. Era o grito do porco. Algo que tinha ouvido poucos meses antes na fazenda do pai de um colega, em Vassouras. A turma toda da quarta série estava lá. As crianças pararam de correr no primeiro berro e alguém da fazenda anunciou que estavam abatendo um porco. Dois caras, vaqueiros locais, riam e faziam piadas sujas envolvendo porcas e uma mulher, Vânia ou Tânia, enquanto o massacre acontecia dentro de um barracão. Uns garotos da escola presenciaram a conversa e passaram a imitá-los por semanas a fio, trocando Vânia ou Tânia por nomes que conhecíamos. Tive dor de barriga e me tranquei no banheiro pra chorar. Havíamos visitado o estábulo, o galinheiro e o chiqueiro mais cedo, onde eu tinha visto uma porca malhada imensa deitada de lado, como se dormisse, enquanto onze leitõezinhos sugavam suas tetas. Fomos encorajados a tocá-la. Fiz carinho entre suas orelhas num misto de nojo e arrebatamento, e ela abriu os olhos e arregaçou a boca de um modo que só podia ser um sorriso. Como podiam matar um bicho que gritava assim, eu pensava, como aguentavam isso toda vez, como podiam comê-lo depois. E como dormiam, se continuei ouvindo o mesmo grito por semanas e nunca consegui esquecê-lo? Serviram porco no almoço e, apesar dos protestos da mãe do PJ, eu comi apenas um prato de arroz branco com batatas que estavam meio cruas por dentro.
    No instante seguinte, tive certeza de que eu estava morrendo, que ele estava me matando. Pensei *Meu irmão é meu assassino*, como se já tivesse acontecido e eu continuasse ali apenas como testemunha. Então ele me largou, saltou da cama e saiu do quarto um pouco ofegante, mas em completo silêncio. Meu rosto continuava afundado no travesseiro. Em nenhum momento olhei pra ele, que se afastava como

se não tivesse nenhum elo com o que tinha acontecido. Instantes depois, ouvi o rangido da porta do banheiro, a água correndo da torneira da pia, o jato de mijo no vaso, a mesma porta se abrindo outra vez, passos, a dobradiça da porta do quarto dele e o barulho da chave que só aquela porta tinha.
 Eu ainda chorava, mas sentia alívio porque tinha acabado e eu não estava morto. Percebia que um rastro viscoso escorria pela minha bunda. Toquei com as pontas dos dedos, virei a cabeça, vi que estavam ensanguentadas e senti um cheiro forte de sangue, cuspe e merda. Me virei com dificuldade, a dor continuava. Me ocorreu que um pedaço dele tinha ficado dentro do meu corpo, como uma farpa ou como acontece com o rabo das lagartixas. Limpei a bunda e entre as pernas com a cueca, que logo embolei e meti debaixo do colchão, voltei a vestir o pijama. Fiquei deitado de lado, a única posição que se mostrou possível, vigiando o vão da porta enquanto os olhos e o nariz escorriam, mas nenhuma das palavras que enchiam a minha cabeça saía. Continuava sentindo o fedor que vinha da minha mão, mas não tinha coragem de me levantar nem de sair do quarto pra tomar alguma providência.
 Era possível que mais ninguém tivesse ouvido meu grito? A casa parecia presa num encantamento, nada se movia além do motor do elevador que ressoava mais que em qualquer outra manhã.
 Fiquei na cama até bem tarde, dormindo e acordando. Cada vez que uma porta se abria e fechava, que ouvia as vozes da minha mãe, da Cris e do meu pai, que o telefone tocava, que um carro de polícia ou um caminhão dos bombeiros passava por perto com as sirenes ligadas, cada indício de presença era seguida de uma pontada de alívio. Enquanto

estive sozinho com meu irmão dentro do quarto, não parecia haver mais ninguém no mundo. Só perto do meio-dia fui até a porta, me certifiquei de que o caminho estava livre e corri até o banheiro. O quarto dele estava fechado. Enrolei a cueca num monte de papel higiênico e enterrei no fundo da lixeira, debaixo de uma pilha de papel usado. Tomei um banho longo, ignorando os protestos da Cris. Voltei correndo pro meu quarto, deixando pra trás uma nuvem espessa de vapor, travei a porta com a cadeira, me vesti, desci até o quinto andar e bati no apartamento da Julia. Ela estava terminando de almoçar com a família inteira. A mãe dela sempre repetia que eu estava grande, que me viu nascer, e nunca desejei tanto poder tirar proveito disso e ficar ali pra sempre. Menti que já tinha comido e esperei em silêncio num lugar vago à mesa. Depois fomos pro quarto da Julia, onde passamos o resto da tarde fabricando pulseiras hippies com linhas coloridas grossas que, trançadas da maneira certa em torno de pedaços estreitos de plástico duro, formavam nomes, e eram vendidas na escola sob encomenda. Só saí dali quando fui praticamente convidado pela mãe da Julia. Embora as chances de que todo mundo estivesse no meu apartamento às nove da noite no domingo fossem altas, dei alguma desculpa esfarrapada pra interfonar pra lá antes de sair. A minha mãe atendeu o interfone, eu desliguei sem dizer nada e subi correndo.

    Passei o resto da semana me concentrando na tarefa de não ficar sozinho naquele apartamento. Dormi algumas noites no quarto da Cris — se pedisse com jeito, ela deixava. Quando não havia alternativa, mantinha o esquema da cadeira ou arrastava, com enorme dificuldade, a cômoda até a porta, e nunca abandonava a trincheira sem antes colar o ouvido na madeira por um bom tempo e espiar por uma fresta. Ficar muito tempo no meu quarto não resolvia o problema porque me deixava sozinho na cena do crime. Aprendi a decifrar quem passava no corredor pelo ritmo e pelo peso dos passos. Nas poucas vezes em que nos cruzamos, saindo ou chegando do almoço, evitei o contato visual com meu irmão. Aquele esquema me exigia muito e com frequência eu preferia deixar de comer ou engolia o que fosse mais simples e rápido pra não correr o risco de ficar na presença dele por muito tempo. Abreviar aqueles encontros dependia exclusivamente de mim. Ele continuava agindo como sempre agiu.

Eu emagrecia severamente e tinha olheiras profundas porque também dormia mal e só com a luz do abajur acesa. Ir pra escola era um suplício. À medida que meu rendimento caía, as piadas que faziam a meu respeito também pioravam. Meu pai me reteve um dia depois do almoço, olhou dentro dos meus olhos, apalpou atrás das orelhas, no pescoço, pediu pra ver no fundo da minha boca, e fechou o diagnóstico com determinação: anemia. Voltou da farmácia à noite com uma garrafa grande de Biotônico Fontoura, que eu devia tomar duas vezes por dia.

Minha avó se horrorizava com o meu peso e começou a inventar pretextos pra que eu fosse ao seu apartamento e lhe desse a oportunidade de me empanturrar e sondar a situação. Eu nunca disse uma palavra sobre o que tinha acontecido. A verdade é que me envolvi tanto com o meu esquema de sobrevivência que a cada semana que passava pensava menos no acontecimento em si e mais na ideia geral de um inimigo que eu não podia vencer, mas podia evitar.

Andamos lado a lado a caminho do hospital no ritmo de sempre, a velocidade da minha avó, até que ela subitamente me segurou pela mão, arranhando um pouco o dorso com suas unhas compridas e pontudas. Era a primeira vez que ela pegava minha mão na rua.

"Pra você não sair voando", disse sem me olhar.

Tínhamos chegado na esquina da Leopoldo Miguez com a Santa Clara, onde um corredor de vento carregava um cheiro forte de maresia junto com folhas e pedaços de lixo — era outono. De uma hora pra outra, eu tinha espichado sem ganhar muito peso, e meu corpo ficou meio empenado.

O vento aumentou e começou a bater janelas e dobrar árvores ao redor. Nos refugiamos no bairro Peixoto e, assim que chegamos à praça, minha avó se deteve. Dessa vez olhando bem nos meus olhos, com a voz firme, me perguntou se o meu irmão já tinha me machucado. Senti meu sangue gelar dentro das veias ao mesmo tempo que meu rosto se incendiava. Um machucado sobre o qual eu não conseguiria contar pra ninguém, nem pra ela — minha avó continuou. Desviei os olhos cheios de poeira e baixei a cabeça o máximo que consegui, determinado a nunca mais levantá-la se fosse preciso. Foi o bastante. Ela segurou minha mão de novo e seguimos. Embora não pudesse vê-la, sentia pela força com que apertava meus dedos o quanto estava transtornada.

"E se eu não conseguir chorar?", perguntei quando chegamos na esquina da Figueiredo de Magalhães.

Minha avó continuou em silêncio por alguns instantes. O suor da sua mão fazia o arranhão arder, mas eu não queria que ela me largasse. Só meio quarteirão depois, quase diante do hospital, ela parou e disse:

"Não tem nenhum problema, só tenta parecer um pouco triste pra tua mãe."

PARIS

1.

Era o último mês do inverno quando Giorgos, o grego, me entregou as chaves de uma *chambre de bonne* no epicentro de Belleville, onde morou, entre idas e vindas, por pelo menos dois anos. Pagava milagrosos trezentos euros de aluguel a Denis, um ex-namorado que vivia num loft espaçoso no Marrais e herdou meia dúzia de imóveis como aquele de um tio-avô, a bicha rica da família. Cinco chaves pra ter acesso a um quartinho e a uma privada compartilhada sob o telhado de um edifício meio caindo aos pedaços e sem elevador dizem muito sobre Paris.

As chaves estavam presas num chaveiro da Torre Eiffel — desses chineses de plástico que imitam metal dourado, vendidos por cinquenta centavos aos turistas que canibalizam a cidade — que Giorgos usava por pura ironia. Ele o jogou na minha direção, mirando a virilha, como se tentasse fazer uma cesta. Eu estava sentado na cama, as costas contra a parede gelada e, em vez de pegá-lo no ar, institivamente pus as mãos em concha sobre meu pau. Giorgos sorria malicioso durante toda a operação.

"As chaves do palácio. Pena que não abram todas as portas."

Três dentes muito mais brancos que os demais brilharam entre seus lábios como num anúncio antes-e-depois de clareador dental. Eu sorri de volta e fiquei balançando a torrezinha de um lado pro outro, sabendo que ele esperava uma resposta — uma bem curta, que fechasse seu número.

"Se tem uma coisa de que você não pode se queixar é de ter aberto poucas portas nessa cidade."

Giorgos fez um falso muxoxo, satisfeito, se virou e parou diante do espelho pendurado em cima da pia. Escancarou bem a boca e apontou com a ponta da língua as três próteses de porcelana recém-implantadas.

"Quem diria que não são filhas biológicas?"

Ficou algum tempo aproximando e afastando o rosto daquele retângulo com os lábios repuxados pra deixar os dentes e a gengiva totalmente à mostra. Lembrava um cachorro rosnando. Eu não resisti e fui adiante.

"Agora só faltam umas semanas de café, vinho e cigarro pra ficarem como os outros."

"Ha há ha", ele estrondou de um jeito forçado e voltou à inspeção. "No começo achei deprimente ter três dentes falsos na boca, *nounours*. Ainda mais *estes!*"

"Tem coisa bem pior por aí."

"Ah, claro que tem", Giorgos respondeu, vago, como se eu tivesse tomado o atalho errado e agora ele precisasse nos levar de volta pra estrada que pretendia percorrer. "Você sabe como é o nome deles? Incisivos. *Três très très incisives, non?* Têm coisas sobre o próprio corpo que a gente só descobre numa sala de emergência. Doze pares de costelas, por exemplo. Dez dedos nas mãos, dez nos pés, dois olhos, duas orelhas, dois braços, um coração, um estômago, um pau, duas bolas, um baço, dois rins, ok, mas quem conta as próprias costelas? Quebram duas, você aprende um mundo novo. Toma um drinque?"

Eu nunca recusava. Ele pegou o vinho que já estava aberto sobre a pia, ao lado de uma pilha de louça por lavar, e um pacote aberto de *madeleines* do tipo industrializado, que poderiam vir numa embalagem de muffin ou de um minibolo inglês qualquer, sem que nenhum ingrediente fosse alterado. Removeu a rolha, cheirou o conteúdo da garrafa, serviu um pouco num copo que parecia sujo de café, experimentou, gemeu satisfeito e seguiu servindo até perto da borda.

Pedi um copo limpo. Era difícil abandonar o tom de hiena maliciosa quando estava com Giorgos. Fazíamos aquilo muito bem, qualquer outro registro exigiria esforço e não nos divertiria tanto. Ele fingiu não me ouvir e continuou, enquanto me estendia uma taça de champanhe de cristal finíssimo com bocal dourado que tirou de dentro do armário da pia. Não brindou como de costume.

"Vi na tevê do hospital uma reportagem sobre umas loucas que arrancam costelas pra afinar a cintura. Você já ouviu falar disso? Acho que a pessoa pode fazer o que quiser com as próprias costelas — enfiar no cu, por exemplo —, mas se sujeitar a uma carnificina por uns centímetros de cintura? O que aconteceu com o mundo, *nounours*?"

Giorgos bufou e eu me recusei a gastar um minuto que fosse pensando no mundo. Pensei apenas que o vinho estava de fato bom e que o grego tinha passado a beber vinhos melhores, que nunca compraria antes do ataque. Decidiu que se daria todo o prazer que pudesse; a vida havia esfregado na cara dele toda sua fragilidade e todo seu lado sórdido, e Giorgos tentava reparar aquilo concedendo a si mesmo o que merecia.

Se sentou por um instante diante do computador e colocou um CD do Les Rita Mitsouko pra tocar. Se levantou nos primeiros acordes, requebrou o pescoço três vezes, mas parou por aí. *Les histoires d'amour finessent mal en général.* Olhou pela janela e logo voltou pra frente do espelho, como se houvesse algum campo gravitacional ali. Depois, percebendo que a luz do lado de fora era mais favorável à sua inspeção, tirou o espelho da parede e foi até a frente do vidro. Ele emendava comentários com perguntas retóricas e pausas rápidas que eu sabia que não tinha a obrigação de preencher.

"Uma vez desdentada, sempre desdentada. Mas esses ficaram mesmo melhores que o resto, não acha? Antes ciborgue do que deusa, *nounours*, é o que eu sempre digo. Hoje, quando o dentista me mostrou o trabalho pronto, eu disse: 'Arranca tudo, doutor, vamos começar do zero!'. Eu ia sugerir platina ou ouro quando o puto me interrompeu: 'Quem pagaria a conta, senhor? O *meu* governo?', e me deu um formulário pra assinar, *do lado de fora*, pra que ele fosse dispensado logo da minha presença. Xenófobo de merda."

De certa forma, Giorgos continuava falando como sempre. Grandes blocos heterogêneos em que cabiam dentes, uma citação a Donna Haraway — como tantas outras passagens de tantos outros livros que eu logo encontraria na biblioteca dele —, a multifacetada xenofobia francesa, a viagem que faria no dia seguinte ao Marrocos, depois à Índia e à República Tcheca, depois quem sabe ao Acre, ao Xingu, e então fraturas, ossos, contas de hospital, União Europeia, ONU, o funeral de Julien, que ele havia perdido pro coma, o inventário das coisas que deixaria no apartamento e que eu deveria tratar como relíquias de valor inestimável, o fato de ter sido ele, e não Julien, quem quis voltar pra casa por *aquela* rua, a lista de lugares nas redondezas que eu deveria evitar e, sobretudo, frequentar (Aux Folies, Le Zorba, Trou aux Biches, Le Rosa Bonheur, La Java), porque ele não estaria mais ali pra me garantir um pouco de diversão. As palavras continuavam saindo sem nenhuma contenção, até que o corpo se esvaziava um pouco; só então viria o espaço pra réplicas e considerações, se existissem, e ele *queria* que existissem. Quando ouvia alguém, Giorgos parecia se inflar de novo. Depois tudo recomeçava. Ao menos tinha sido esse o padrão até o ataque — nas primeiras semanas que se seguiram, ele não falou. Claro que havia um trauma concreto ali, mas ele também não queria que ninguém o visse desdentado. "Logo esses da frente, *nounours*..."

Naquela manhã, enquanto o dentista fixava parafusos na sua gengiva, Giorgos olhava parte do Parc de Belleville pela vidraça e não sentia mais nada de bom. Continuava sem sentir agora, olhando pro movimento do boulevard que timidamente voltava a ganhar cores. Num passado próximo, agora inacessível, ele tinha amado aquela vibração.

"Caralho, Paris acabou pra mim."

Respondi que Paris tinha acabado havia muito tempo e que tudo à nossa volta não passava de uma ruína bem preservada. Ele me encarou com sua expressão mais austera antes de dizer com um sotaque exagerado:

"Mas a cu-linarriá... Com a estratégia certa, come-se muito bem."

"*Giorgos, o Grego*! Lá vamos nós outra vez..."

"Pena que você prefira ficar a pão e água."

"E vinho", completei, erguendo o copo.

"Quanto tempo, *nounours*?"

"O quê?"
"Sem trepar."
"Hum. Nada com que você precise se preocupar."
"As minhas preocupações são decisões minhas."
"Nada que te interesse, então."
"Mas isso me interessa muito. Muito mesmo."
O tom do interrogatório era cômico e enfático ao mesmo tempo. Entendi que seria mais fácil dar um número do que esperar que ele perdesse o interesse.

"Seis meses." Fazia quase dois anos e eu não seria capaz de reconhecer a garota se cruzasse com ela na rua. Costumava ser assim, em banheiros de pubs e raves ou do lado de fora, em becos e ruelas vazias. "Vamos sair pra fumar?", e pronto, bastava, eu, como a maioria, estava ali por carência. Nem meu pequeno projeto tabagista tinha avançado, mas nessas horas eu fumava. Nomes e rostos se perdiam com a luz do dia. E o sexo em si era cada vez menos necessário, cada vez mais raro.

"Se você queria mentir, podia escolher um número que me deixasse menos horrorizado", ele respondeu com a boca cheia de *madeleine*.

Rimos alto e juntos e uma onda leve de calor subiu do estômago até o peito: Giorgos podia rir de novo.

A gargalhada veio do fundo do buraco em que ele tinha caído quarenta dias antes e que sempre o acompanharia. A cicatriz na testa ainda era tinta fresca, as marcas nas mãos ainda davam sinais de como havia lutado. Pelos dentes, pelo rosto, antes imaculado e tão feminino, por Julien — que também cuspia dentes e sangue ao seu lado no mesmo chão, incapaz de salvá-lo ou de se salvar —, pela vida por um fio e sobretudo por aquela raiva que passou a engolir tudo e agora precisava ser desovada, bem longe, pra que sobrasse algum espaço onde Giorgos pudesse continuar existindo.

Ele voltou a examinar o próprio rosto mais perto da janela. Uma luz fosca e deprimente vinha dali.

"Se nada mais der certo, ainda posso virar um Scarface viado caçador de skinheads. Só falta a gangue de bichas vingadoras. Mas isso é fácil."

Ri alto de novo, sozinho. Ele me fuzilava com aqueles olhos molhados que estavam sempre ali quando fazia alguma insinuação maldosa. Não sei por que não entrei no jogo dessa vez. Me levantei pra pegar mais um pouco de vinho e uma revista caída ao lado da pilha de malas de caixeiro-viajante que ele colecionava. Era a edição de novembro da *Têtu*, ainda lacrada. Logo atrás, uma caixa com a coleção da revista *Cock* que ele ia vender por uma pequena fortuna num sebo do Marrais na manhã seguinte. No topo estava o n. 132, uma edição de 1989: um loirinho bronzeado de cabelos encaracolados sentado no pau duro de um branquelo de cabelos pretos, bigodinho ridículo e ares de abusador. Apontei pra pilha de malas e perguntei se ficariam no quartinho. Ele agora olhava pra fora e parecia não me ouvir.

"Se você decidir ficar por aqui mesmo, Manu, é melhor não dar pinta. Faz isso por mim, não deixa eles notarem que você existe."

Voltei a rir, agora um risinho artificial, enquanto peguei um pano de prato sujo que secava sobre o aquecedor e joguei na cara dele. Então repeti o que dizia sempre — "Foda-se, Giorgos, eu não sou gay" —, desde aquela primeira noite em que ele me arrastou até o Caligula, uma das saunas que frequentava toda semana e onde obtinha não só fodas expressas e descomplicadas como também *maridos* fiéis como Julien.

Ele ajeitou o trapo sobre a cabeça como um véu de noiva.

"Seja o que você *for*, é melhor ficar invisível neste cortiço. Nunca se sabe onde eles podem brotar. Não é sempre óbvio como a gente imagina. Nem todos andam por aí com a cabeça raspada e uma suástica na testa."

Tentei me manter impassível. *Por que eu teria que me preocupar?* Ele prosseguia sem se deixar distrair.

"Os escrotos querem marcar a gente. Se pudessem, também marcavam nossas portas e penduravam a gente em estacas com o pau enfiado na boca. Aí nos fodiam ou nos obrigavam a fodê-los bastante primeiro, porque é isso o que querem e não aguentam."

Já tínhamos avançado por esse território outras vezes antes, quando aquele tipo de violência era uma coisa que acontecia com os outros. A minha posição continuava a mesma. Dizer que todo agressor era necessariamente um gay enrustido devolvia o problema aos gays, apenas aos gays, e não dava conta de todo o problema. Eu achava que alguns só matavam pra *limpar* o mundo *deles* do que fosse diferente ou complexo demais, talvez porque essa diferença reforçasse o quanto o mundo *deles* era feio, tedioso e opressivo. Ou pra aliviar alguma tensão. Ou pela simples possibilidade de destruir alguma coisa. Pelo menos foi o que pensei por muito tempo a respeito do meu irmão. Dessa vez não disse nada, mas devo ter deixado algo implícito no meu rosto.

"Você ainda tem dúvida disso, *nounours*? Mesmo depois do que aconteceu comigo e com o Julien?"

Sacudi os ombros, abaixei os olhos, arranquei o plástico da *Têtu* e comecei a folheá-la. Não estava disposto a embarcar em mais uma rodada daquelas. Giorgos aliviou.

"Duzentos anos de terapia, a coisa toda tá mais implantada do que essas três joias aqui", falou deslizando mais uma vez a língua pelas próteses.

Sem tirar os olhos da revista, falei num tom baixo que ele largava todo terapeuta que dissesse o contrário do que ele queria ouvir. Ele não respondeu. Fui obrigado a levantar o olhar. Em vez de rir ou me atacar, percebi um esgar de tristeza em seu rosto e, com razão, me senti um idiota. Tinha ido longe demais.

"Esquece aqueles merdas, *Giorgos, o Grego*, eles são uma minoria."

"Acho que você não tá calculando direito."

"Bom, pelo menos três estão presos e vão pagar. De alguma forma. E o outro desgraçado vai rodar também."

Foi triste dizer aquilo sem acreditar. Giorgos também não acreditava, mas sorriu pra me confortar.

"Você é bonito demais pra ter cicatrizes, *nounours*. Você precisa sobreviver e não deixar o mundo esquecer que somos lindos."

Giorgos, o Grego, eu gostava de chamá-lo assim. E sempre seria o seu *nounours*.

2.

Também havia sangue no dia em que Giorgos venceu meu silêncio com seu português espanholado e aquele sotaque que oscilava entre o tuga, o castelhano e o carioca. Já tinha vivido em sete países, em pelo menos uma dúzia de cidades, incluindo o Rio de Janeiro, acumulando com maior ou menor grau de fluência o que aprendeu em cada território. Garantia que os idiomas eram treinados sobretudo na cama. "O papel da língua no aprendizado *tooo-tal*" era um pequeno mantra que ele costumava repetir diante da minha preferência pelo silêncio. Depois de quinze anos fazendo o possível pra viver como um eremita, o francês que eu sabia falar não correspondia ao que se passava na minha cabeça. Por mim tudo bem. Em dois anos na França, o grego já era fluente. Fazia sentido, ele "se alimentava de pessoas". Mas se orgulhava sobretudo de poder dizer "foder" em vinte línguas e mais de cem variações que costumava recitar quando chegava no que eu chamava de estágio 3 (eram cinco) da bebedeira.

"Às vezes é tudo o que você precisa saber pra começar, *nounours*." As portas, que Giorgos batizou de *fuckdoors*, nunca se fecham quando se é um amante dedicado e generoso. E ainda não era tarde demais pra mim — ele também não se cansava de repetir.

Giorgos começou a narrar sua história prodigiosa enquanto tentávamos nos livrar de uma poça de sangue ao entardecer de uma quarta-feira de agosto, dois verões antes, no pátio interno do Jack's Hôtel. Naquela manhã, por volta das seis, uma americana de quarenta anos havia se jogado do sétimo andar, e a polícia só liberou o local no fim da tarde. Quando cheguei, o sangue tinha uma consistência viscosa, a cor ainda estava viva em alguns pontos, mas a maior parte era uma espécie de ferida coagulada que, depois de algumas horas sob sol forte, se agarrava aos poros e sulcos da pedra.

A administração usou cinquenta euros, o dobro de uma diária normal de trabalho, como isca pra que eu abrisse mão do meu único dia de folga. O quimono de seda que tinha visto nas galerias Lafayette custava 359. Se eu dependesse da tabela pra incidentes fatais do Jack's, nunca iria além das araras de usados do Kilo Shop.

Guillaume, o gerente, podia ser muitas coisas, mas jamais generoso. Convocar um empregado sem papéis enquanto policiais e bombeiros circulavam pelo hotel não parecia uma estratégia inteligente. Isso só podia significar que nada devia ser tão importante pra ele quanto se livrar daquela poça o mais rápido possível. No telefone, pediu que eu entrasse pela frente e me inteirasse da situação com a recepcionista antes de assumir meu posto. Eu não tinha nenhum plano além de dormir e me montar um pouco. Um domingo ensolarado significava que o apartamento onde morava ficaria livre dos outros ocupantes por algumas horas. Eles só começariam a aparecer no meio da noite. Todos estariam bêbados e amolecidos pela insolação.

Como nos seis dias anteriores, andei dez minutos até a Mairie de Montreuil, onde pegaria a linha 9 até Nation, mudaria pra linha verde, e só voltaria à superfície na Place d'Italie. Aqueles dez minutos iniciais de caminhada pela vizinhança de caixotes de concreto, calçadas estreitas e quebradas e imigrantes calejados eram o bastante pra que a pontada traiçoeira de admiração desse o ar de sua graça diante dos jardins que cercavam a *place*. Não durava mais que uns poucos segundos: os olhos logo voltavam ao corpo que trazia os estragos de quinze anos passados em Paris. Os poucos quarteirões até o hotel eram então vencidos sem que nada, bonito ou feio, rico ou pobre, bom ou ruim, pudesse me afetar e deter meu passo.

Da esquina da rue Pinel, vi uma viatura estacionada em frente ao hotel e dois policiais parados na calçada. Avancei e os ultrapassei enquanto conversavam depois de se despedirem de um Guillaume solene que também fingiu não me conhecer. Entrei na *brasserie* da esquina e fiquei parado atrás da porta de vidro até a viatura passar. Na recepção do hotel, Anne, uma francesa do sul, disse em seu tom gelado que eu devia me apressar porque o Giorgos já tinha começado o trabalho.

Giorgos estava cumprindo seu horário e não ganharia um centavo a mais por aquilo. Na baixa temporada, nós éramos os únicos *caras* de serviços gerais do Jack's. Sofia, a camareira do turno, francesa *d'origine* argelina, e talvez mais forte que nós dois juntos, recusou o serviço. "Antes merda do que sangue", disse ao gerente, como se cuspisse nos pés dele. Guillaume, francês de Rennes, não conseguia esconder sua repulsa pelos *d'origine*. Mestiçagens pareciam ofender seu ideal de pureza, mas, como não se pode administrar um hotel em Paris sem lidar com *eles*, se valia de todos os recursos da *politesse* a seu favor. Guillaume deve ter considerado que, como brasileiro, um vira-latas étnico por definição, e sem documentos, meu limite seria menos rigoroso. Talvez os cinquenta euros tivessem o mesmo efeito estimulante sobre Sofia. Talvez ela os recusasse apenas pela oportunidade de dizer outro não ao gerente do hotel.

Os "sem-papéis" são mantidos sob uma membrana ainda mais espessa e viscosa pelo sistema. Nós garantimos o escoamento sem obstáculos de sua ganância porque, além de úteis, numerosos e descartáveis, dependemos dessa ganância pra continuar no país.

Giorgos era cidadão europeu, mas nunca pagava impostos nem renovava sua *carte*. Também circulava com um passaporte inválido, com a cara que tinha aos catorze anos; se esforçava pra quebrar as regras e testar os limites oficiais. Assim se mantinha no lado *certo* do jogo. Mas, sendo grego, podia estar ali e fazer oposição de dentro, como um vírus oportunista.

A *legalidade* costuma ser o primeiro critério pra nos selecionar e definir o peso que podemos suportar e a qual preço. Uma vez no saco dos *ilegais*, todos são explorados com excelência pela máquina hoteleira parisiense, um moedor de carne desenhado pra processar nervos e fibras. Em geral, ela não quer saber o que há entre nossas pernas e que tipos de transações são feitas nessa zona enquanto formos discretos e o resto do nosso corpo disser sim aos seus comandos.

Giorgos e eu trabalhávamos tanto pra governança quanto pra cozinha, *sur demande*, mas em turnos diferentes. Pro hotel, saíamos os dois ao preço de um. Uma bagatela. E até aquele final de tarde nunca havíamos tido mais que encontros rápidos, apressados pela minha eficiência em fugir dos fazedores de amizade compulsivos, como era claramente o caso dele. A resistência do sangue da americana nos uniu. Foi o que selou nosso pacto.

Os boatos corriam pela criadagem num ritmo frenético: a morta se chamava Mary Otton, havia dado algum golpe na empresa pra qual trabalhava em Massachusetts e acabou descoberta. Tinha marido e três filhos pequenos, chegou a Paris dois dias antes do suicídio, viajou em segredo, saiu de casa como se fosse voltar depois de mais um expediente. Como muitos outros iludidos pelo mundo, devia considerar Paris sob medida pra um ponto final glorioso. Por que foi parar no Jack's, ninguém sabia. Com tantos hotéis melhores, era, claro, uma escolha estranha.

Alguém apurou que ela havia usado o cartão de crédito conjunto do casal no seu último empreendimento bem-sucedido. O marido teria que pagar a conta, concluímos. Pela nossa experiência com bancos e operadoras de cartão de crédito, não devia existir margem pra contestação nem nesses casos. Entre todas as máquinas, o sistema bancário é a mais perfeita, talvez a única em todo o planeta. Mesmo que uma ou cem delas quebrem, haverá outras. Mr. Otton também teria que pagar pela própria viagem a Paris pra esclarecimentos policiais, trâmites burocráticos e o traslado do corpo. Ou seja, Mary partia em meio a uma lambança muito pior que a poça que nos coube como herança.

Giorgos, que mantinha relações estreitas com todo o quadro funcional do hotel, me contava os detalhes já conhecidos e preenchia os hiatos com sua imaginação prodigiosa. Entre todos ali, ele era a fonte mais privilegiada: tinha visto o corpo — vivo, prestes a morrer e morto. Não era feia nem bonita, parecia triste no café da manhã, mas teve ânimo pra reclamar dos ovos mexidos, que estavam mesmo uma merda.

"Pensei comigo: *putain!* Mas, se soubesse que eram os últimos ovos de uma morta, teria fritado bacon e o que mais ela pedisse."

Ele fumava em frente à porta de serviço que dava pra cozinha quando ouviu o ruído da queda. Ou não da queda, mas do choque do corpo contra o chão. E, enquanto tirava as luvas de borracha pra acender outro cigarro, durante uma pausa que eu preferiria não fazer pra me livrar daquilo tudo o quanto antes, ele se empenhava em descrever o tal ruído, como se estivesse à procura do acorde perfeito.

"Hum... O mais próximo... talvez..."

Uma espécie de faísca iluminou seus olhos. Me deixou sozinho no pátio e voltou minutos depois com um saco de açúcar de cinco quilos, a cozinheira e a *femme de chambre* do turno. Subiu num murinho de um metro e meio que separava a área da piscina de um corredor, uma delas lhe alcançou o saco, e ele fez o teste.

Sim, estava certo, o som era muito parecido. As duas estremeceram. A americana, disse ele mais uma vez, não deu um pio enquanto caía. Provavelmente tinha tomado uma dose alta de tranquilizantes pouco antes de pular — era a hipótese de Sofia, que encontrou uma caixa de Xanax vazia sobre a mesa de cabeceira.

Eu falei ao grego que preferia não saber detalhes, acreditando que um pouco de ignorância dissociaria da fonte o sangue que eu tentava eliminar. Mas me lembrava de ter estado no quarto 702 pra arrumação da manhã anterior. Não havia nada de memorável lá, o pequeno guarda-roupas de Mary Otton consistia num vestido de malha estampado com flores feias, um conjunto igualmente feio — calça social marrom e uma camisa bege — que seria aceitável como uniforme de uma loja de departamentos, mas não como uma *escolha*. Tudo a respeito dela me pareceu desprovido de personalidade e bom gosto, sem nenhum poder atrativo. A hóspede do quarto abaixo, por outro lado, que devia estar na cidade por causa de um casamento, tinha me proporcionado quinze valiosos minutos dentro de um vestido longo de chiffon amarelo e uma hidratação Lancôme completa. Não mencionei nada disso ao Giorgos. Na verdade, eu apenas o ouvia a maior parte do tempo. Porém, nem cinco minutos depois do meu pedido ("Realmente prefiro não saber como ela morreu"), ele deixaria escapar — não tinha nenhuma intenção de se conter — que a mulher parecia um desses bonecos articulados, depois que uma criança manobra seus membros até colocá-los em posições impossíveis. A imagem se agarraria à minha mente como ventosas e voltaria muitas vezes depois em pesadelos.

Pro Giorgos, havia coisas mais graves em jogo. Aquele tipo de suicídio era uma sacanagem imperdoável com quem continuava vivo. Tanto quanto se jogar no vão do metrô — modalidade bastante apreciada pelos suicidas de Paris. Acontecesse o que acontecesse, ele não pretendia sair desse mundo como um sacana.

Mas o grego estava longe de ser o tipo insensível. Semanas depois, eu o veria entregar metade do sanduíche que comia esfomeado pra um desconhecido mais gordo e bem tratado do que nós dois juntos, simplesmente porque ele o abordou numa calçada e pediu. Giorgos não bufou, não revirou os olhos, não deixou escapar uma palavra de queixa, apenas deu uma última mordida e entregou o resto ao cara, como se a partilha estivesse pré-acordada entre eles. Eu também o veria ceder suas luvas grossas de inverno para uma arrumadeira que sofria de artrite enquanto caía uma nevasca do lado de fora, e fazer todo tipo de gentileza sem nenhum sinal de afetação ou de que haveria cobranças futuras. Mas havia *o código*, e ele o seguia com rigor, como quase todos os demais. O fato é: se Mary Otton tivesse se jogado de qualquer outro prédio enquanto Giorgos passasse pela rua, ela teria um tratamento diferente.

O *código* é mais do que a vingança que nos institucionaliza, é o que nos dignifica enquanto o resto da engrenagem gira pra nos degradar. Vale pros hóspedes, mas é mais implacável com patrões. É aplicado também com os dissidentes, os colaboracionistas que escolhem a trincheira do inimigo na esperança de uma promoção, um vale ou uma folga. Os arrependidos, no entanto, são aceitos, acolhidos, instruídos e frequentemente se convertem nos malandros mais espertos.

Movido e justificado por uma ética reparadora, a única que encontraríamos ali, todo o baixo escalão do hotel se precipitava num alvoroço investigativo frio enquanto esfregávamos a pedra. Uma americana branca que gastava tanto dinheiro pra pegar um avião até Paris, se hospedar num hotel que, mesmo relativamente barato, cobrava por dia o que ganhávamos em duas semanas de trabalho duro, apenas pra se atirar janela abaixo, não merecia nada além de curiosidade mórbida.

Cada detalhe levantado piorava a situação. As crianças que ficaram órfãs em Massachusetts, por exemplo. O fato de ela não ter escolhido um método mais *limpo*. Mas eu sentia sobretudo melancolia e desânimo. A caixa de Xanax na mesa de cabeceira puxava memórias antigas e — eu queria acreditar — pacificadas. A imagem das roupas feias e sem corte, do tipo que se perde em araras lotadas e acaba nos saldos de fim de estação, me fazia pensar no quanto ela tinha se apagado antes do salto. Não sabia se tinha dado mesmo um golpe, porém uma coisa era certa: Mary Otton nunca investira na própria vaidade. A mala lacrada pela polícia, que os bombeiros pediram para o hotel guardar até segunda ordem, poderia servir como atenuante, a prova de alguma inocência. Talvez fosse só uma questão de se livrar da carcaça, talvez já tivesse partido muito tempo antes. Cada mulher deve saber a medida do peso e do vazio que carrega, mas a mulher que existia em mim não podia deixar de lamentar o desperdício.

Recebemos a tarefa cirúrgica de remover o sangue de Mary Otton sem que nenhuma gota escorresse para a piscina, que ficava a cerca de um metro da poça. A contaminação obrigaria o hotel a esvaziá-la, o que acarretaria despesas extras, além do incômodo e do estigma, que mal fora superado e já estava prestes a se renovar. Era uma situação de contenção de danos. Cinco anos antes, o Jack's fora palco de outro voo: um turista japonês de meia-idade acometido pela Síndrome de Paris. Aparentemente, ele tinha sido destratado por algum garçom, depois por um taxista, e sabe deus por quem mais enquanto desmoronava junto com as fantasias que o tinham levado até ali. O que sobrou dele acabou na calçada da avenue Stephen Pichon ainda com vida, e ninguém, nem no hotel nem entre os socorristas, foi capaz de entender suas últimas palavras.

Da equipe atual, Guillaume era o único que já estava no

hotel à época. Dois degraus abaixo, um recepcionista recém-contratado. Ninguém parava no Jack's por muito tempo e ele deve ter encarado isso como uma oportunidade de crescimento profissional. Estava mais ou menos certo, levando em conta que agora mandava em todos nós.

Achei difícil acreditar que ele tivesse contado a história do turista japonês com tantos detalhes pro Giorgos, mas era uma boa história e deixei por isso mesmo. Como a construção da piscina era relativamente recente, talvez tenha feito parte de alguma estratégia de relações públicas. Chamar aquela banheirona rasa de piscina, aliás, era uma licença poética. Assim como chamar de suítes os cubículos com reentrâncias equipadas de sanitário e ducha. A piscina não costumava encorajar muito os banhistas adultos, mas era aquecida no outono e no inverno e fazia sucesso entre as poucas crianças que passavam por ali com a família. E, no fundo, nada disso tinha a menor importância. O fundamental era que continuasse limpa e funcionando pra que constasse entre a lista de atrações exclusivas do Jack's.

O problema da contaminação foi resolvido com uma barricada de toalhas de piso, que absorveriam eventuais transbordamentos. A mancha exigiria mais de nós. Sofia ouviu um bombeiro dizer que Mary devia ter algum problema de coagulação. Aquela sangria não era normal nem pra quem estava acostumado. Jatos e mais jatos de Sanytol, de água sanitária, de toda variação disponível de desinfetantes e detergentes da linha Mr. Propre, minha preferida, e o vinagre branco sugerido por Marika, a cozinheira eslovaca, não foram o bastante. O risco de uma mancha química naquele granito de segunda linha parecia cada vez mais real. O gerente deixara claro que o pátio interno deveria ficar "mais impecável" que antes, e que nada no local poderia servir como "estimulante" ou "inspiração" pra outros hóspedes. Por fim, Giorgos teve a ideia que nos liberaria daquilo que ele chamava a todo momento, sem disfarçar a excitação, de "cena do crime", ou, quando ficava mais contrariado, "*le sale boulot*", o trabalho sujo.

Ele sabia das propriedades corrosivas e removedoras da Coca-Cola por causa de suas andanças por cozinhas de bares e restaurantes de vários cantos do mundo. Aparentemente era um recurso universal. Despejamos duas latinhas sobre os últimos resíduos e a fórmula fez o milagre sozinha. Enquanto isso, Giorgos ficou falando e fumando. Meia hora depois, Mary Otton nunca havia estado ali. Não mais do que qualquer outra hóspede que um dia tomou sol na espreguiçadeira em frente à piscina rasa e voltou pra casa munida de dezenas de fotografias com o Sena, a Torre Eiffel e a pirâmide do Louvre ao fundo, e, sobretudo, a chance de poder repetir o quanto Paris é maravilhosa não porque era o senso comum, mas porque *esteve lá* — não pelo tempo suficiente pra perceber o desprezo que a cidade lhe devolvia.

Quando o serviço terminou, depois da inspeção e da aprovação de Guillaume, eu já não podia me desprender da teia de Giorgos.

Fazia dois meses que eu estava no Jack's. Tinha chegado lá quase por acaso, mas não sem propósito. Uma boliviana chamada Dolores, com quem eu trabalhava num hotelzinho fedido, infestado de ratos, mofo e ácaros em Pigalle, mencionou um fórum na internet onde vagas clandestinas eram anunciadas e repassadas entre os sem-papéis.

Já no primeiro dia, soube que a frequência do Le Petit Pigalle não renderia muita coisa — nada além de uns velhos maltratados pela vida, de passagem pela cidade ou a caminho da zona da luz vermelha, que já não reluzia como antigamente mas ainda concentrava muita oferta e procura. Raras vezes um brinco, um prendedor de cabelo, uma lingerie rasgada, um cílio postiço deixado pra trás por alguma puta. Levei muito tempo pra me aproximar da área. Evitava os pontos de prostituição mais conhecidos, principalmente aqueles onde as putas eram também travestis e transexuais. Cheguei ali, portanto, cauteloso e sobressaltado. As travestis da rue Houdon me fascinavam tanto quanto perturbavam.

Eu tinha uma dívida impagável com todas elas. Tudo começou numa noite de março de 1990, no terceiro andar de um edifício na esquina da Francisco Sá com a Nossa Senhora de Copacabana. A culpa se encarregou de preservar os detalhes. Tom e eu éramos os únicos na nossa turma da escola que morávamos no bairro. Embora soubesse que elas costumavam ficar pela região do Lido em determinados horários, nunca tinha visto uma travesti ou uma drag de perto até o Tom arrebanhar quatro de nós com a promessa de uma noite selvagem no inferninho da vizinhança. Entramos na Galeria Alaska pela praia. Precisávamos percorrer alguns poucos passos no térreo pra descer até o subsolo, onde ele garantiu que coisas extraordinárias aconteciam, e a gente mal esperava pra ver. Fomos expulsos em instantes por um pastor da Igreja da Graça que ficava ali de plantão tentando estragar a festa.

"Vieram pro culto, meninos?", ele perguntou com uma doçura artificial.

Baixamos a cabeça enquanto Tom balbuciava algo sobre estarmos cruzando pro outro lado da galeria.

"Então chispem", o pastor respondeu esbugalhando os olhos como um demônio.

Corremos de volta pro apartamento do Tom, onde dormiríamos aquela noite. Achei que tinha acabado, mas um pequeno arsenal de bexigas cheias de água batizada com desodorante vagabundo nos esperava numa sacola de supermercado escondida no quarto dele. Eu não estava a par daquilo e fiquei nauseado de angústia. Os outros três garotos se comportavam como *snipers*, mirando exclusivamente as drags e as travestis que deslizavam pela calçada com uma graça e uma exuberância inéditas pra mim. Depois de cada arremesso da janela, eles se escondiam, prendendo o riso pra não chamar a atenção da família do Tom. Lá de baixo, elas respondiam com palavrões e ameaças de morte. Quando o interfone tocou, fechamos a janela e nos espalhamos pelo quarto. A mãe do Tom gritou com o porteiro e voltou pro quarto dela sem se dar ao trabalho de nos confrontar. Eu imitava os outros quatro em quase tudo, com a alma estilhaçada e um risinho forçado no rosto. Como não queria acertar ninguém, mas não podia deixar de *tentar*, exagerei na falta de coordenação motora que me fazia ficar de fora dos jogos obrigatórios do colégio. As duas bexigas que joguei foram parar no meio da rua. Não foi o suficiente pra aplacar o que eu sentiria depois. O Tom parecia achar natural que todos quiséssemos fazer aquilo, e elas, com seus cabelos e maquiagem arruinados, tinham sido usadas para aprofundar meu disfarce. Eu era o pior daquele grupo.

Muitos anos mais tarde, no fim da minha primeira semana no Le Petit, reuni alguma coragem e me aproximei da rue Houdon. Duas garotas lindas e mais altas que eu avançaram e me cercaram como panteras assim que surgi na esquina. Peitos enormes saltaram instantaneamente de tops brilhantes numa sincronia olímpica. Peitos mais reais do que qualquer outra coisa que eu tinha visto naquela cidade. Trocamos um olhar rápido. Não encontrei o que procurava. Talvez não tenha olhado o bastante, ou nada ali pudesse ser tão simples ou extraordinário quanto a epifania que eu estava buscando. O tipo que traria numa bandeja alguma resposta sobre mim mesmo.

A beleza delas me chocou porque transbordava violência — uma violência que eu havia sofrido, mas da qual também tinha participado. E não era só isso: elas tinham uma coragem que me faltava. Aquela combinação mortal que enxergava nos olhos de Marilyn, Billie Holiday, Piaf, Dalida. Nos olhos da Teresa. As minhas heroínas. E nos meus, quando eu me montava diante do espelho. Tão ferozes quanto desamparadas, elas me faziam temer por nós.

Me desvencilhei da mais alta pedindo desculpas enquanto acelerava na direção do boulevard de Clichy. Ela percebia meu medo e me insultava. Eu merecia seus gritos. A outra nem se deu ao trabalho — quando olhei pra trás, já estava distraída, fumando um cigarro e ajeitando os peitos no corpete.

No que dizia respeito ao Jack's, havia mais queixas que oportunidades no fórum dos ilegais. Quanto menos quartos, menor a grana, a proporção é essa. Como recebemos abaixo da tabela oficial, a situação logo fica insustentável numa cidade como Paris. Precisamos que exista trabalho *demais*. Mas foi lá que encontrei a vaga que me tiraria de Pigalle.

O fato de as camareiras de hotel serem chamadas de *femme de chambre* na França foi o que me atraiu primeiro praquele ramo, quando o dinheiro que tinha levado do Brasil acabou e trabalhar se tornou uma questão de ter onde dormir e o que comer. Voltar nunca foi uma opção. Aquela atividade podia me dar bem mais do que uns trocados. Uma *femme de chambre* tem acesso irrestrito a todo tipo de aparato feminino, com variação, rotatividade e privacidade. Em outras palavras, eu podia ser a *mulher do quarto* em variações potencialmente infinitas. Tudo enfim parecia se encaixar. Claro, quando um homem faz o serviço, ele atende por *valet de chambre* (o comentário no fórum mencionava ambos, qualquer um que pudesse ocupar a vaga). Meus empregadores se dirigiam a mim como *valet* e eu atendia como um antes e depois de entrar no quarto de uma hóspede.

Comecei a usar o tempo livre pra pesquisar e refinar a experiência. Se hoje não oferecem mais que serviços de arrumação e faxina, por séculos mesmo nobres atrás de ascensão na corte lutavam pela oportunidade de trabalhar como *femme* ou *valet*. O ingresso privilegiado na intimidade da realeza ou da alta nobreza podia encurtar o caminho. *Valets* se encarregaram de agendas oficiais, amantes, conspirações, diplomacia e assuntos de Estado, assim como das roupas e da toilette dos senhores — mas nunca das suas latrinas. Só uma mulher é capaz de tudo. As *femmes de chambre* estavam abaixo das *dames de compagnie* e suas subcategorias. Dependendo do lugar nessa escala, podiam ocupar o posto mais baixo autorizado a acessar além do quarto, os pertences das suas senhoras — o que já bastava pra elevá-las em relação às domésticas comuns e às cozinheiras. Mulheres com lábia, boa aparência e o temperamento certo podiam chegar ali sem títulos de nobreza ou dinheiro de família. Uma vez dentro, levavam e traziam recados, espionavam, conspiravam, além de se ocuparem de todos os detalhes da vida das pessoas às quais serviam. Quando a revolução chegou, fizeram sua parte e saquearam o espólio que conheciam tão bem.

Madame Thibaut, Julie Louise Bibault de Misery, Madame Campan, Maria Molina, Marie-Angélique Poisson, li tudo o que encontrei sobre elas. Pensava nelas constantemente e no fato de que, de um jeito ou de outro, eu fazia parte de uma linhagem antiga. A ideia me divertia e eu sabia que não passava de uma fantasia barata. Ainda que o título seja o mesmo agora, a intimidade disponível num quarto desarrumado é outra. Não podemos entrar num quarto que não esteja desocupado; fomos dissociados do corpo dos hóspedes. Mas ficamos com os rastros. Suprimir fluidos, cheiros, sujeiras, as marcas da desordem que acompanham a passagem de uma pessoa por um espaço privado é um trabalho desagradável. Eu pagava o preço. Vestir as roupas daquelas estranhas, provar seus perfumes, pegar um pouco do que não podia comprar, isso superava o nojo e a irritação diante da sujeira que deixavam ali pra mim.

Quanto ao grego, a pequena placa de mármore presa na fachada do Jack's com uma inscrição dourada — *"Dans cet hôtel Jean Genet est mort le 15 avril 1986"* — explicava sua presença. Ninguém ali além de mim jamais saberia disso.

Giorgos não tinha nenhuma experiência no ramo. Costumava se virar como repositor de estoque, garçom, bartender, barista ou cozinheiro enquanto frequentava, sem matrícula, cursos de filosofia, literatura, antropologia e linguística, e trabalhava em livros que nunca acabava. De vez em quando, escrevia resenhas pra *Timeout* de Atenas, o que mal pagava os cigarros. Ele procurou o Jack's assim que voltou a Paris depois de rodar por Japão, Estados Unidos, Palestina e Marrocos, decidido a escrever uma metaficção sobre um jovem grego gay obcecado por Jean Genet e que foge de casa pra refazer seus últimos passos.

Antes de chegar no Jack's, Genet tinha passado pelo Rubens, que ficava a poucos quarteirões, no número 35 da rue du Banquier, e era onde costumava se hospedar quando passava pela cidade. Diferente do que aquela placa sugeria, nosso hotel não foi mais que um acidente de percurso: Genet só morreria ali, sozinho num quarto de sete metros quadrados, porque o Rubens estava lotado quando chegou a Paris. Tudo tinha acontecido no mês e no ano em que Giorgos nasceu.

Giorgos só não estava certo sobre a duração da hospedagem. Não havia um consenso entre os biógrafos; o Jack's devia ter mudado de mãos algumas vezes naquelas duas décadas e o livro de hóspedes de 1986 provavelmente estava se decompondo em algum aterro sanitário. Ele concluiu que duas semanas seria um período razoável — considerando a aversão de Genet pela França — e o bastante pra que fechasse sua jornada e coletasse detalhes pro livro. Não havia vagas no momento, mas o grego convenceu Guillaume a contratá-lo usando seu charme e o argumento irresistível de que aceitaria o que o hotel estivesse disposto a pagar. Seria escandalosamente mal pago e, de acordo com o plano original, se demitiria no dia dezesseis. Foi incapaz. Não de deixar o hotel, mas Jean.

Giorgos fez uma cena quando descobriu que eu não conhecia nem o básico sobre seu ídolo — que tinha sido ladrão antes de ser autor consagrado. Assim foi inaugurado o que eu chamava de Bloco Genet, sessões que seriam retomadas até que ele considerasse minha educação completa. Ao fim de alguns meses, eu saberia quase tanto sobre Genet quanto sobre minha avó. E Giorgos não teria escrito nenhuma página do seu livro. De certo modo, foi fácil entender por que ele se agarrava àquele projeto. A história do filho de uma prostituta entregue à Assistência Pública francesa ainda bebê, que seria devolvido por famílias adotivas e trancado numa colônia penal por tentar fugir de trem pra Paris sem passagem, também era a história do escritor que elevava ladrões e homossexuais a uma forma de glória que sempre lhes fora negada. Se aquilo não soasse como um chamado, o que mais soaria?

Logo comecei a voltar pro meu quartinho em Montreuil com edições portuguesas amareladas de *Diário de um ladrão*, *Nossa Senhora das Flores* e *Um cativo apaixonado* que Giorgos garimpava e se dedicava a roubar. Genet tinha revisado o último deles, um tijolo de quinhentas e tantas páginas, ali mesmo, na suíte 72 do Jack's, onde, uma vez convertido, passei a entrar como numa igreja. A igreja de Giorgos.

Jean Genet foi a chave de acesso a revelações que desembocavam em mim mesmo. Eu tinha consciência de que nunca havia estado sozinho no negócio de odiar a França, mas era a primeira vez que topava com uma expressão tão à altura desse sentimento e da complexidade que era odiar um lugar e não ser capaz de escapar do seu brilho. Dia e noite, os vagões do RER e do metrô estão cheios de outras mariposinhas burras, suicidas inconscientes, que gastam a vida dando cabeçadas contra o vidro quente sem nunca alcançar a luz do outro lado.

Enfiado naqueles livros, também pude ligar alguns pontos: toda vez que um hóspede dava falta de algo, devia ser obra do grego. Eu era bastante cauteloso e só roubava o que seria difícil de rastrear. Guardava as roupas e os sapatos que provava com cuidado. Enchia embalagens vazias do minixampu vagabundo que o hotel oferecia com os cremes, xampus, sabonetes líquidos e perfumes caros que os hóspedes traziam consigo ou compravam durante a estadia em Paris — a maioria das mulheres fazia isso num rito furioso de estocagem de guerra —, e pegava objetos que as pessoas se acostumam a perder — grampos, meias, calcinhas, *um* brinco, nunca o par completo. Giorgos ia além, embora também se concentrasse no que fosse barato e só pegasse quantias irrisórias de dinheiro, desfalques que acabariam esquecidos porque não valiam o tempo perdido em investigações demoradas e que não podiam vazar pro mundo exterior. Ele não queria ser preso: o que importava era concretizar a ação.

Quando Guillaume nos reunia em busca de culpados, o grego se fazia de ofendido e o deixava falando sozinho. Sempre colava: num instante, deixava de constar entre os suspeitos. Um dia foi ainda mais longe. Quando o sermão coletivo pelo desaparecimento de duas toalhas e alguns talheres da cozinha acabou, Giorgos procurou Guillaume em sua saleta mal iluminada, tirou do bolso da calça dois potinhos de geleia, colocou-os sobre a mesa e confessou:

"Não roubei os talheres nem a toalha, nem mais nada, mas já levei geleias pra casa, duas ou três vezes antes dessa, porque, honestamente, estava duro. Só quero tirar esse peso da consciência."

Aquela fórmula, enfeitar a mentira com pequenos detalhes que enobreciam ainda mais a confissão, vinha de Genet. Era o recurso ao qual recorria quando acabava nas mãos da polícia ou da imigração enquanto tentava atravessar uma fronteira ilegalmente. Às vezes acabava preso e deportado; outras, dava certo, e Giorgos sabia disso.

Guillaume o repreendeu com um fiapo de voz e o dispensou o mais rápido que conseguiu. Mais tarde, quando se cruzaram no corredor, lhe disse que se quisesse geleia ou outros itens da cozinha bastava comunicar à cozinheira. Havia um limite pra isso, claro, mas ele não precisava se rebaixar como "um ladrãozinho". Giorgos agradeceu.

Ele me contou esse episódio às gargalhadas enquanto esvaziávamos uma garrafa recém-afanada da adega do Jack's. A gente podia ter comprado o mesmo vinho por sete euros num mercadinho do *quartier*, mas ele voltaria a ser só um vinho ruim entre os tantos que bebíamos. O roubo refinava a safra.

Eu sabia que ele não só teria aprovado as minhas aventuras pelas bagagens que circulavam pelo hotel, como seria um cúmplice valioso, mas também achava que dividir os momentos em que podia me *multiplicar* nas versões ilícitas de cada hóspede evidenciaria a imperfeição do meu gesto.

Eu não fazia amigos havia muito tempo. Não entendia bem por que o Giorgos tinha me escolhido, o que via em mim, nem o quanto mais seria capaz de ver à medida que nos tornávamos próximos. Mas a teia do grego era confortável e convidativa. Ele tinha a delicadeza de não me perguntar mais do que eu estava disposto a falar, ou cobrar mais presença do que eu me sentia capaz de oferecer. Quer dizer, estava sempre fazendo perguntas que eu respondia pela metade e convites que eu não aceitava, porque não ligava que o deixassem na mão e se divertia me obrigando a inventar desculpas. Pra ele, a amizade não precisava erodir todos os limites; pelo contrário, ela devia ser um dispositivo de aperfeiçoamento da individualidade.

Pensando agora, essa foi a base da nossa ligação. Assim como o fato de ele nunca ter cogitado voltar a Eubeia, a ilha onde nasceu e de onde escapou quando encontrou o que chamava de *oportunidade* — o talão de cheques do pai. Esse pai, um segundo-tenente do Exército helênico convertido em sapateiro por um joelho estourado, e que usava solas de coturno pra bater no filho, chamou aquilo de roubo e prestou queixa à polícia. Giorgos já estava longe. Como eu, tinha traído e fugido pra sobreviver.

E, mesmo que eu não estivesse à altura da sua amizade, foi pra mim que o grego entregou as chaves do quartinho que deixaria pra trás junto com Paris, a cidade que arrebentou sua cara, quebrou seus dentes e agora era apenas o túmulo do Julien.

A raiva ia com ele. O assassinato de Giorgos de certo modo tinha se consumado, mas ele era do tipo que se levantaria da cova e voltaria eternamente ao mundo pra assombrar seus assassinos.

RIO DE JANEIRO

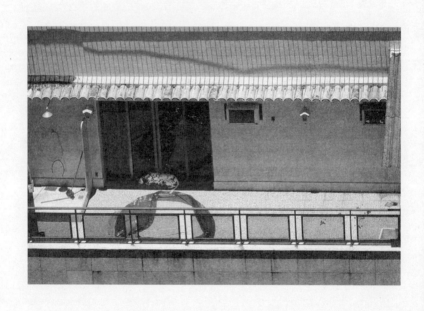

1.

Depois que o peso dos anos em Paris tratou de borrar um longo rastro de dúvidas, arrependimentos, idealizações escapistas da pátria perdida, eu já podia dizer a mim mesmo com certa tranquilidade que não tinha sido difícil abandonar o Rio e o Brasil. Isso não tornava a experiência de Paris mais fácil. O diário que tentei escrever pra compensar o isolamento da chegada não me deixava mentir: no lugar da liberação, da continuidade e do avanço imaginados pela minha avó, havia apenas solavancos de alívio e de culpa, espasmos de alegria e esperança curados com doses regulares de derrota. A França era um futuro que nunca se pagava — mas do Brasil poucas vezes senti falta.

Além de se confundir com meus traumas, o Rio não podia ser separado da minha primeira impostura. Quem eu fui e o lugar que ocupei naquela cidade, o que sobrou do meu *clã* degradado depois que o melhor e o pior se extinguiram, o namoro que tinha se tornado "confortável demais" (e por que alguém em sã consciência fugiria *disso*?), um punhado de amigos com a validade vencida, um país que cambaleava, mal acordado do coma, uma língua que se oferecia como uma vitrine de doces a um diabético. Era isso o que eu tinha a perder, a minha vida de então, e quando tudo o que se chama de *vida* de repente soa como uma tralha difícil de defender em batalhas mentais cada vez mais constantes, esse é o momento, a oportunidade. Talvez não haja outra — a máquina trabalha pra engrossar a corda antes que ela arrebente. Quem disser que nunca se imaginou deixando tudo pra trás estará mentindo. Mas é só olhar ao redor pra perceber que poucos levam a coisa até o fim.

Aos dezoito anos, um impulso pode ser o suficiente pra começar. A sorte de ser o preferido de uma avó vingativa o bastante pra fazer de você o único herdeiro e sacar todo o dinheiro da caderneta de poupança e abrir outra em seu nome antes de morrer, claro, ajuda a sustentar o próximo passo. A manutenção a longo prazo dá trabalho, mas, em casos como o meu, o passado é o que nos faz continuar correndo pro outro lado.

Quando minha hora chegou, já fazia quase três anos desde a morte da minha avó; um ano que meu pai tinha saído de casa levando só uma mala pequena pro que seria uma viagem rápida até o lugar onde nasceu; seis desde o acidente do meu irmão. Em algum ponto que nunca consegui localizar direito, a paixão pela Laura havia se convertido num vazio preenchido por ondas de gratidão, afeto e costume, que me dava vontade de chorar porque era difícil determinar quem de nós era mais frágil, e fácil perceber que nenhum de nós seria capaz de pôr um fim naquele vínculo.

Paris foi praticamente uma imposição da minha avó. Mesmo quando os tumores se espalharam com fúria, ela não perdeu a calma nem a determinação de fazer valer sua vontade. Gastou o necessário pra que aquele resto de corpo continuasse irrigado pelo prazer que merecia e deixou o que sobrou pra mim com o alívio de quem se livra da *tralha* que já não pode carregar.

Deve ter se esbaldado escrevendo uma carta como a que víamos nos filmes da Sessão da Tarde, com meia dúzia de conselhos e condições, que ficou guardada num cofre de banco, junto com um punhado de joias e o relógio de bolso de ouro do meu bisavô. Nada que eu não pudesse simplesmente ignorar — minha avó já teria virado cinzas quando aquelas palavras me alcançassem.

Era uma carta sucinta. Em três anos e meio de encontros, minha avó tratou de não deixar muito pra dizer depois. Sua versão sobre os fatos, em torno da qual se enrodilhou nos últimos meses, não foi algo que precisei me esforçar pra obter. A caligrafia espaçosa, nervosa e pontiaguda, que eu conhecia bem das listas de supermercado que ela me entregava toda sexta-feira, ocupava apenas um dos lados de uma folha pautada fina, quase transparente. A palavra "reparação" aparecia duas vezes, e também estavam ali "amizade", "cúmplice", "liberdade", "mundo", "vida" e "morte". Eram palavras fortes, que ela deve ter escolhido com cuidado. Se tivessem chegado até mim como uma daquelas listas de compras, ainda assim eu entenderia.

Conhecia minha avó o bastante pra saber que aquela carta era mais uma tentativa de me manter motivado e, sobretudo, de não me deixar ceder à guerra que eu teria que enfrentar no momento em que virasse seu único herdeiro. Se decidiu que seria assim, foi porque teve certeza de que ninguém além dela iria reparar o que quer que tivesse me acontecido. Do mesmo modo que ninguém além de mim seria capaz de ajudá-la a resolver seu último dilema. No fim, havia encontrado um jeito pra que suas convicções sobrevivessem a si mesma.

Tive trânsito livre na farmácia do meu pai desde que comecei a andar. Numa das poucas memórias que guardo dessa época, estou no topo de uma escada de madeira que corre por um trilho preso bem perto do teto, ao longo de três paredes cobertas de prateleiras. Adelaide, a mulher que trabalhou com ele desde a abertura do negócio, e a única que permaneceria até o fim, está ao meu lado, a dois passos de distância, com os braços prontos pra me amparar se eu pisar em falso — o que é esperado de uma criança de três ou quatro anos com os joelhos cobertos de mercuriocromo. Todas as vezes que subia ali, eu exigia que a Adelaide se afastasse. Ela recuava um pouco e retomava sua posição assim que eu me distraía. A foto de uma dessas escaladas garantiu que a imagem não escorresse pelo mesmo ralo de tantas outras lembranças. Tinha sido emoldurada e pendurada na parede acima da mesa onde meu pai se sentava pra "dar consultas", e desapareceu com ele.

Além da escada, que nunca perderia a graça, a farmácia não oferecia muitos atrativos a uma criança, mas me virei como pude, sobretudo na missão de obter o açúcar que a minha mãe interditava em casa. Os tabletes de vitamina C em formato de moeda, que meu pai tomava todas as manhãs, tinham gosto de Tang e podiam ser lambidos, formando na língua borbulhas sabor laranja antes de irem pro copo com água, onde viravam um arremedo decente de refrigerante.

Os comprimidos minúsculos de AAS infantil eram doces e se dissolviam na boca como balas de coco. Pastilhas contra tosse sabor menta e limão faziam as vezes de balas soft sem o risco de morte por sufocamento.

Nunca encontrei dificuldade pra pegar o que queria naquelas prateleiras e levar comigo dentro de um bolso ou da cueca, e nada indicava que levantasse suspeitas, de modo que, quando minha avó me pediu pra afanar duas caixas de fenobarbital, não foi nada que eu já não tivesse feito a vida inteira.

Minha avó tinha acordado no meio da noite encharcada de mijo pela primeira vez duas semanas antes e, a partir dali, nenhum dia se passaria sem alguma estreia bastante deprimente. Aquilo era muito mais do que ela estava disposta a suportar. Agendou uma consulta com uma médica nova, como passou a fazer pra monitorar o andamento da doença sem criar vínculos nem acumular cobranças. Pediu alguns exames só pra se certificar do que já sabia: seu corpo pequeno e valente estava crivado de tumores.

Não fez cerimônia pra me dar a notícia. Disse o que precisava dizer de forma objetiva, me pediu pra decorar o nome do remédio, explicou o quê, quando e como aconteceria, garantiu que seria "digno e indolor", e perguntou umas dez vezes se eu seria mesmo capaz de guardar tudo aquilo comigo e não arruinar os planos dela. Comecei a chorar assim que ela terminou a primeira frase sobre a metástase. Um lado meu, o que ainda acreditava em deus e em milagres, tinha certeza de que um dia ela acordaria curada.

A mãe da minha namorada era uma kardecista muito ativa, e a Laura, além de espírita, colecionava cristais e incensos e estava aprendendo a fazer mapa astral com um programa de computador. Na primeira vez em que ficamos sozinhos no seu quarto, ela me perguntou o dia, o mês, o ano e o local do meu nascimento, depois abriu um caderno, consultou a primeira página e fez algumas anotações. "O nome do seu anjo", ela disse com certeza inabalável, "é Lelahel, ele aparece na Terra entre 1h40 e duas da madrugada, mas fica só uns quinze minutos."

Nunca mencionei a doença da minha avó nem mesmo pra Laura, mas de vez em quando perguntava hipoteticamente, ou inventava um parente idoso de alguém que ela não tinha como conferir, só pra ouvir o que pensava sobre o assunto. Laura costumava ser categórica: qualquer doença poderia ser curada se a cura fosse pedida com a força e a intenção *certas*. Em algum momento mencionou um centro no Irajá que fazia cirurgias espirituais à distância; bastava escrever uma carta detalhada e esperar a resposta com as preparações a serem feitas no dia marcado pelas "entidades". Quando franzi o rosto, ela me respondeu com desdém que era óbvio que os espíritos podiam entrar em qualquer lugar, a qualquer momento, já que estavam livres da matéria e contavam com habilidades infinitas. Eu não tinha por que duvidar da minha namorada, a pessoa mais legal que eu conhecia, sobretudo quando *acreditar* me oferecia vantagens maiores. Escrevi e enviei a tal carta, ressaltando os horários em que minha avó dormia, porque não havia outra maneira de colocá-la na cama pra ser operada. Recebi outra carta de resposta e, na data marcada, montei guarda no apartamento dela, tentando, sem sucesso, impedi-la de beber e comer carne vermelha (condições que estavam recomendadas em negrito).

Atribuí o fracasso do procedimento a mim mesmo e passei a colocar o relógio pra despertar 1h39. Acordava sobressaltado, começava a pedir mecanicamente a cura da minha avó e apagava instantes depois.

Na tarde em que minha avó me pediu o que pediu, depois que esgotei os argumentos racionais e afetivos, falei da teoria da Laura. Ela respondeu que preferia pedir outras coisas pro anjo. Eu não conseguia imaginar que outra coisa podia ser mais importante do que ser curada de uma doença mortal.

"O quê, por exemplo?"

Estava irritado quando perguntei aquilo, mas também chorava — acontecia sempre, o que variava era a intensidade das lágrimas ou o quanto me sentia capaz de disfarçá-las —, e minha avó não fazia nada pra me consolar.

"Que você consiga trazer aquelas caixas pra mim."

Ela não parecia triste nem com a morte, nem com a minha tristeza, e aquilo me perturbava mais do que tranquilizava. Talvez minha mãe estivesse certa e minha avó houvesse enlouquecido. Talvez não fosse capaz de decidir por si mesma. Esses pensamentos iam e vinham como correntes de vento e não passavam de outra barganha. Depois de tudo que ela havia feito por mim, eu não tinha o direito de decepcioná-la.

Foi fácil conseguir o remédio. Pelo menos duas vezes por semana meu pai perguntava durante o jantar se alguém podia "cuidar da frente" da farmácia enquanto ele teria que "atender alguém" e a Adelaide sairia pra ir até o banco ou almoçar. Como de costume, nem minha mãe nem a Cris acharam ruim quando me voluntariei. Passei por lá na saída da escola, fiquei pelo menos meia hora sozinho atrás do balcão fingindo que alinhava caixinhas nas estantes e conferia se tudo estava onde deveria estar. Os produtos eram organizados por ordem alfabética. Não precisei de mais que alguns minutos pra encontrar o fenobarbital.

As duas garrafas de vinho que minha avó encomendou — caro e francês — envolveram uma peregrinação que começou em Copacabana e acabou numa loja de bebidas no final de Ipanema. Fiz o caminho de volta pela praia. A tarde estava nublada, o mar mexido e denso, cor de petróleo, só alguns surfistas não se deixavam expulsar dali. As garrafas batiam nas minhas costas dentro da mochila enquanto eu fugia das ondas que quebravam com força na areia, e a tristeza aos poucos cedia espaço a uma raiva que incluía e ultrapassava minha avó.

A raiva passou tão logo ela abriu a porta. Estava eufórica, de um jeito incomum. Reservou uma garrafa pro fenobarbital e abriu a segunda. Serviu duas taças cantarolando. Foi a única vez que bebemos juntos.

"Vida longa e morte súbita", ela disse antes de emborcar a primeira taça. Adorava dizer aquilo e observar como os convidados ficavam perplexos e desconfortáveis. Pra mim, a ideia era perfeita.

Achei o gosto repugnante. Já tinha tomado sangue de boi com meus amigos e gostado, mas este custava uma pequena fortuna e tinha gosto de rolha, lenha molhada e vinagre. O álcool, no entanto, logo venceu minha resistência. Não rimos, minha avó não dançou, nem me obrigou a dançar, nem cantou. Ficamos relaxados, só bebendo em silêncio a maior parte do tempo. Ela sentada em sua poltrona; eu deitado no meu lugar no sofá. Ela correndo de tempos em tempos pro banheiro pra não se mijar na minha frente, voltando com os lábios cada vez mais escuros e novamente serena, como se nada tivesse acontecido; eu cada vez mais tonto, afundando mais e mais entre as almofadas, até cair no sono e acordar quando já estava escuro do lado de fora. Minha avó pediu que eu voltasse no dia seguinte, no fim da tarde. Se tudo tivesse saído como planejado, ela se deitaria pra dormir e "a situação" se resolveria sem sofrimento. Eu só precisaria dar um sumiço no remédio e chamar minha mãe.

2.

Tudo saiu exatamente como minha avó esperava.
Entrei no quarto dela na ponta dos pés, o único jeito que eu podia entrar ali. Ela estava deitada na cama com um vestido verde que a favorecia, o rosto maquiado e os cabelos arrumados como quando saía pra dançar, os olhos fechados e uma expressão serena, quase alegre no rosto. A garrafa, perto do fim, continuava sobre a mesa de cabeceira, ao lado da taça com um resto de vinho e a borda marcada de batom.
Passou pela minha cabeça que minha avó podia ter ficado bêbada e apagado antes de tomar o remédio. Torci por isso. Mas ela sempre teve sono leve e não reagiu com o mau humor habitual quando a chamei.
Meu primeiro impulso foi recuar alguns passos até a porta. Naquele instante, minha avó deixou de ser alguém que eu conhecia bem demais e amava muito — mesmo que jamais tivéssemos colocado as coisas nesses termos — pra se tornar uma presença hostil. Fiquei parado esperando que alguma coisa acontecesse espontaneamente. No fim

das contas era assim o tempo todo — coisas e mais coisas acontecendo à minha revelia, sem que eu fosse consultado. Até que, como se ela tivesse estalado a língua e chamado minha atenção, comecei a me ocupar com o que combinamos. Peguei as caixinhas do remédio ao lado da garrafa, joguei dentro do lixo do banheiro, depois joguei o saco de lixo no compartimento que ficava no corredor do prédio. Li e guardei no bolso um bilhete que estava sobre a mesa da sala com meu nome (as instruções sobre o banco), e só depois telefonei pra minha mãe. Não precisei fingir a partir daí. Assim que ela atendeu, comecei a chorar genuinamente. Minha mãe também chorou logo que chegou ao quarto, e continuou chorando quando descobriu sobre o câncer, e assim permaneceu no velório, onde todos os *amigos* da minha avó se reuniram e ouviram as músicas que deviam ter dançado juntos.

    O velório musical foi uma das instruções que ela também deixou por escrito em cima da mesa da sala, numa carta endereçada à minha mãe, e que mais ninguém pôde ler. A minha mãe achava a ideia infame, mas estava abatida demais pra fazer oposição. Estavam lá o Zé Carlos, o Magal, o Antônio, o Jorge e uns outros velhos que eu nunca tinha visto e tentava adivinhar quem eram a partir das descrições da minha avó, enquanto minha mãe se esforçava pra ignorá--los. E vi que algumas lágrimas ainda rolaram enquanto, a contragosto, ela jogava o que havia sobrado da minha avó no mar, na Pedra do Leme, e não no jazigo da família no São João Batista, ao lado do meu avô, como minha mãe achava que tinha que ser.

    Depois, se ela voltou a chorar, foi escondido. E aí começou a gritar. Principalmente no telefone, falando com o advogado que só repetia — se estivesse em casa, eu ouvia tudo pela extensão — que "se a dona Teresa deixou sua parte da herança apenas pra um dos netos e fez tudo dentro da lei, é preciso respeitar sua vontade, não há muito a fazer".

"Você ainda tem a parte do seu pai", meu pai tentou argumentar no começo, mas os gritos se voltavam contra ele, que logo se aboletou nos cigarros, copos e silêncios habituais.

A conta aberta no meu nome devia continuar em segredo até que eu pudesse sacar o dinheiro — caso contrário, como ainda era menor de idade, iria parar nas mãos da minha mãe. Tudo o que se sabia era que minha avó tinha esvaziado a própria conta no banco. Sobrava uma conta poupança que ela mantinha com meu avô e que ficara retida com o Plano Collor 1, sem render quase nada por um bom tempo. Estava longe de ser uma fortuna, mas pertencia à minha mãe. Pra todos os efeitos, minha avó havia torrado o resto. Quanto ao apartamento no 155, metade dele passaria a me pertencer — já a metade do meu avô seguiria o curso natural. Eu também herdaria metade dos móveis, de algumas joias, e de uma Belina prateada que quase nunca saía da garagem do prédio.

Minha mãe também gritou muito comigo nas primeiras semanas. Queria saber o quanto eu estava informado e qual era meu grau de cumplicidade naquela "conspiração". Queria saber se eu seria capaz de deixar *minha irmã* de fora e se eu assinaria um documento pra desfazer aquele pesadelo. Na primeira recusa, levei um tapa na cara, mas não mais que isso. Depois da gritaria e do tapa, viria aquele tom, um jeito de pronunciar as palavras como se estivesse dando marretadas. Eu ficava assustado — quando queria, minha mãe era capaz de botar medo — e bastante culpado.

Mas minha avó tinha previsto tudo aquilo, então nada soava como novidade.

Minha parte do apartamento e o resto que ela me deixou oficialmente poderiam ficar retidos por algum tempo, e minha mãe talvez encontrasse um jeito de desfazer o testamento. Nesse caso, eu ainda teria a conta em meu nome. O dinheiro ficaria lá rendendo e logo se converteria no meu bilhete pra liberdade quando eu fizesse dezoito anos. O meu pai, quando estava por perto, inventava pretextos que me tirassem de casa (comprar cigarros e cerveja, ir à farmácia pra cuidar de alguma atividade desnecessária) e sempre permitia que eu dormisse na casa da Laura. Qualquer coisa que me mantivesse longe da minha mãe.

O câncer da minha avó foi o que faltava pra que eu me tornasse o ateu que, no fundo, sempre fui. Isso tensionou a harmonia entre mim e Laura, que era apenas aparente, mas boa o bastante pra que nos sentíssemos campeões do amor, aquele entendimento que tínhamos alcançado logo nos primeiros dias de namoro. Ela não se deu por vencida e se engajou na minha reconversão com argumentos que eu rebatia sem piedade.

"Tá, então vamos esquecer da minha vó: se deus existe mesmo, por que deixaria *crianças!, bebês!* morrerem de jeitos *horríveis?*"

"Porque crianças foram adultas em outras vidas. Se estão aqui é porque voltaram pra pagar dívidas passadas. É assim com todo mundo", ela respondia, sem se alterar.

A discordância podia ser inflamável. Eu contra-argumentava, num tom muito acima, que aquilo não fazia sentido. Se deus existisse e fosse poderoso do jeito que ela dizia, *não permitiria* as coisas ruins, e as pessoas *não pre-ci-sa-ri-am* voltar pra pagar "porra nenhuma!". Todo mundo seria feliz e ponto. Ele teria que ser muito *sádico*, ou muito incompetente. E devia ser, levando em conta o que já tinha acontecido comigo.

"Não sou *eu* que tô falando, Manu!" A Laura começava a se exasperar, e isso me motivava. "E é assim que os espíritos evoluem, *entende*? Muita gente estudou isso, *viveu* isso, muito antes de você nascer."

Nem por um segundo eu achava que houvesse alguma coisa ali pra ser entendida. Não por mim.

"Sério, Laura: que tipo de deus *poderosão* é esse que pode fazer tudo ser bom e perfeito, mas prefere que seja um caos, todo mundo se ferrando só pra que uns *espíritos* aprendam umas liçõezinhas e *evoluam* por conta própria, como se a vida fosse a porra de um vestibular? Você não vê como essa ideia é... estranha?"

"O nome disso é livre-arbítrio", ela respondia, demonstrando que não tinha interesse no que eu teria a dizer a partir dali.

Quanto mais fundo a Laura ia nas teorias que tirava dos grupos de estudo espírita que frequentava com os pais, mais elas me soavam absurdas e estúpidas. Pro bem do namoro, eu me dedicava a encontrar formas indiretas de dizer isso, dando exemplos da estupidez e do absurdo da coisa. Fosse como fosse, ela nunca me ouvia da forma que eu considerava *correta*. Aquilo me enlouquecia. Às vezes a Laura tentava tornar o clima menos tenso: "Se eu morrer antes de você, vou voltar — não precisaria voltar, mas *vou* — e vou te encher o saco só pra provar que tava certa. Vai ser divertido". Às vezes ficava exausta, ou de mal comigo o dia inteiro. Nada que ela fizesse ou dissesse me deixava menos combativo.

"Você pode admitir pelo menos que não adianta pedir pra uma pessoa doente ficar curada de um câncer? Porque a minha avó *morreu*, Laura."

E assim seguimos por semanas até que nos cansarmos do assunto e do trabalho que dava manter a discussão acesa. Era muito melhor voltar a concordar, ou nos dedicar a rivalidades mais recreativas, como filmes, músicas e bandas — *Assassinos por natureza* × *Pulp Fiction*; *Lendas da paixão* × *A casa dos espíritos*; *Proposta indecente* × *Assédio sexual*; *Dossiê pelicano* × *Os 12 macacos* × *O cliente*; Nirvana × Red Hot Chilli Peppers; Guns × Faith no More; Beatles × Rolling Stones; Chico × Caetano; Cazuza × Barão Vermelho; *As quatro estações* × *Que país é este*. Ou o melhor lugar pra ficar na praia — Arpoador × Posto 9. Ou só deixar que o coração acelerasse e os músculos cedessem enquanto nos beijávamos e nos esfregávamos no quarto dela, sabendo que a porta estava destrancada e que todo mundo ali entrava sem bater.

O clima na minha casa era invariavelmente pesado e eu nunca levava a Laura pra lá, nem ela fazia questão de aparecer. Em contrapartida, os pais da Laura gostavam de mim a ponto de permitirem que eu dormisse no apartamento deles sempre que ela pedia.

Eu achava que, em grande parte, esse privilégio se devia aos pretextos nobres que acompanhavam os pedidos: testes, provas e trabalhos que tínhamos que fazer quase toda semana. Minha avó costumava dizer que aquela situação só era possível porque eu parecia inofensivo, e devia ser verdade. Por mais que eu tentasse me misturar, cada célula minha operava pra me distinguir dos outros moleques, e me faltava a malícia necessária pra reverter minha insegurança em agressividade e arrogância.

Enquanto estendia os lençóis na minha cama, a mãe da Laura passava pequenos e calmos sermões sobre confiança. Diferentemente dos outros da nossa turma que já namoravam, eu podia dormir no mesmo quarto que a Laura, desde que fosse num colchonete posicionado em frente à porta, que precisava ficar bem aberta, porque esses eram os termos daquela "relação de confiança", e eles só esperavam que nós não a arruinássemos.

Infelizmente era uma expectativa difícil de atender. Eu gostava deles, tinha necessidade de agradar, e a ideia de desapontá-los me atormentava. Durante um jantar qualquer, quando a Laura falou pros dois do ateísmo que eu tinha passado a defender com unhas e dentes depois da morte da minha avó, corei, me encolhi e não fui capaz de nenhuma eloquência. O pai dela disse com sua voz pausada e baixa de monge que tudo viria no devido tempo, como se eu fosse uma semente opaca e dura que ainda precisasse germinar. Fiquei com raiva da Laura e passei a noite emburrado sem falar com ela, enterrado no colchonete, que nunca pareceu tão fino.

A urgência de ser aprovado e não perder meu lugar naquela família e no colchonete no quarto da minha namorada de fato foi o bastante pra nos impor limites por algum tempo. Mas também era comum ficarmos sozinhos durante o dia, e os pais da Laura só se preocupavam com as noites, como se a luz solar pudesse neutralizar nossos instintos. Eles não estavam totalmente enganados. Desperdiçamos muitas horas preciosas de privacidade desassistida vendo pilhas de filmes alugados e comendo junk food, ou fazendo trabalhos em grupo, ou ouvindo discos e debatendo esses discos, porque tínhamos ideias e opiniões fortes sobre tudo — todos os nossos pensamentos pareciam originais, incontestáveis, e o que começava a sair da nossa boca às vezes bastava pra nos manter em êxtase. Muitas vezes ia parar na cama da Laura no meio da madrugada só pra conversar mais um pouco.

Não éramos exatamente duas máquinas sexuais, embora também houvesse momentos em que não conseguíamos pensar em mais nada além de nos tocar e ir mais longe do que tínhamos ido. Os pais dela sabiam? A Laura achava que sim, "eles já tiveram a nossa idade", mas agora o papel deles incluía dizer o contrário, porque era isso que os pais faziam: traíam suas próprias histórias o tempo todo.

Como estávamos juntos desde os quinze anos, também nos desvirginamos juntos. Quando a hora chegou, minha avó morta era a última pessoa em quem eu queria pensar e a primeira em quem acabava pensando. E todo o seu esforço em me instruir não só se revelou inútil, mas também uma espécie de anomalia, um caroço que eu carregava debaixo da pele.

No começo, a excitação nunca vinha desacompanhada. O nervosismo se expandia numa corrente de ansiedade que me fazia gozar ou perder a ereção. O mesmo pau tirânico que me mantinha refém, exigindo uma cota diária de punhetas — cujo motor principal era a própria Laura —, se revelava volúvel e indefeso. Podia acontecer antes mesmo de começarmos *realmente* o que tentávamos fazer sem muita habilidade. Depois eu também perderia o sono, certo de que a Laura ficaria com raiva de mim, como minha avó tinha ficado do meu avô, e acabaria o namoro porque, graças a mim, o sexo estava arruinado pra ela.

A única vantagem de a minha avó ter morrido pouco antes de a minha vida sexual começar era eu não ter que lhe confessar meu fracasso. As mesmas células que me faziam *diferente* deviam atuar pra que eu não tivesse o sangue-frio necessário pra agir como os outros caras. Paradoxalmente, isso me tornava um *deles*, outro idiota fadado a passar pela vida deixando mulheres na mão, obrigando-as a mentir e a se contentar com merrecas.

Se estivesse viva, minha avó me arrancaria a informação a todo custo. Foi assim desde o primeiro beijo que dei na Laura. Me fazer confessar quantas vezes eu tinha beijado naquele dia ou semana virou uma diversão da qual ela nunca se cansava. A minha cara de enfado e a pequena luta que travava por privacidade eram logo desarmadas pela risadinha maligna dela, que acabava com um pequeno ronco e antecipava uma série de perguntas ainda mais inconvenientes: "Com língua ou sem?"; "E depois?"; "E essas mãos bobas aí, o que ficaram fazendo esse tempo todo?".

    Eu e a Laura íamos à praia quase todo fim de semana e matávamos aula pra dar um mergulho sempre que dava na telha. Mas o corpo dela se metamorfoseava quando estávamos sozinhos e ela ficava nua, ou quando as roupas se desorganizavam entre amassos, deixando só alguns pedaços descobertos. Eu tinha adoração por esse corpo, mesmo que, em contraste com ele, eu parecesse estranhamente pequeno e magro, um inseto pitoresco e bonito que só podia estar ali como um intruso.

Aos poucos, porém, aprendi a usar os dedos e a boca com bastante entusiasmo e sucesso. Nos longos minutos entre as pernas da Laura, sentindo os gostos e as texturas da sua buceta, encontrei um lugar onde podia me sentir bem. À medida que descobria pontos de ativação e relaxamento, também desenvolvia a capacidade de controlar o tempo. Ainda assim, o que isso desencadeava nela, toda uma série de sensações e variações, continuaria ressoando como algo novo e misterioso. O rosto que logo ficava vermelho e brilhoso, o cabelo ruivo bagunçado que cobria seus olhos, os cheiros que iam mudando, os gemidos que ela reprimia até explodirem em pequenas contorções e solavancos, os momentos em que ficava em completo silêncio. Às vezes a Laura me apertava com força contra seu corpo, como se fosse se abrir e me incorporar, às vezes me afastava de repente com um tapa ou um empurrão, sem dar explicações. Mesmo que alguns sinais se repetissem, nada jamais seria previsível. A não ser por meu próprio corpo, outro enigma que eu falhava em compreender. Eu não queria apagá-lo, mas sentia sua limitação, a obrigação de ajustá-lo exclusivamente ao mundo masculino, como uma deformidade.

Não conversávamos sobre o que acontecia naqueles momentos, embora nos achássemos capazes de cobrir todos os assuntos do planeta. De algum modo parecia claro que a Laura esperava que eu sempre soubesse fazer o que precisava ser feito e estava em paz com isso. Quanto tempo levaria até ela perceber que talvez nunca fosse assim comigo, que eu estava tão perdido quanto ela?

Ela não teria trabalho pra arranjar um dos alfas, se quisesse. Eles se mantinham alertas, prontos pra oferecer uma vida menos complicada. Isso não saía da minha cabeça quando cruzávamos de mãos dadas pelo campo de visão de um grupo do terceiro ano. Aqueles mesmos cinco ou seis caras fortes e seguros de si faziam ponto na quadra de esportes e trocavam olhares e risadinhas sacanas enquanto a Laura saltava contra a rede pra uma cortada matadora — porque ela não era só inteligente, bonita, ruiva e atlética, mas também a atacante do time desde que havia entrado pra seleção mirim da escola. E eles não se abalavam com a minha presença. Se comportavam como sócios de um clube, parte de algum programa de fidelidade; eram espectadores antigos e atentos às mínimas mudanças daquele corpo e deviam pensar em mim como um resquício da adolescência que a Laura logo perderia. Já tínhamos feito nosso primeiro aniversário de namoro quando um deles me viu passando sozinho e se aproximou no final de um recreio. Era o mais bonito do grupo, dono de um ar de garoto perdido que lhe rendia o apelido de Dylan McKay entre as meninas. Foi delicado quando perguntou se estávamos mesmo juntos e pareceu bastante surpreso com a resposta.

Mas os outros caras e a minha própria insegurança talvez fossem problemas menores, comparados aos meus temores — como o receio de me empolgar e fazer qualquer gesto que pudesse ir além de um limite que a Laura às vezes expressava de forma abstrata. Eu ainda me pegava tentando entender o que tinha levado meu irmão a achar que podia me estuprar. O que eu tinha feito. Que sinal teria emitido. E, acima de tudo, havia a frustração de saber que a Laura e eu já estávamos condenados à cartilha que determinava que a minha namorada nunca veria a minha boca pintada, nem jamais tiraria a *minha* calcinha.

O tempo, por fim, converteu os sobressaltos e as limitações na intimidade possível, e essa intimidade se encarregava de nos manter protegidos de emoções novas e potencialmente perigosas, assim como das ameaças do mundo exterior. Isso mais que bastava pra mim, mesmo que essa intimidade fosse constantemente manchada por mentiras e segredos. Enquanto a Laura não soubesse de tudo, estávamos salvos.

Quando eu estava prestes a fazer dezoito anos, já tinha escondido tantas coisas por tanto tempo que a mudança pra Europa soava menos como uma verdade a ser revelada do que como um encerramento que precisava se cumprir.
Aconteceu na véspera do embarque, no quarto da Laura. Agora havia uma chave na fechadura e uma cama de casal com lados demarcados, garantias que chegaram quando a nossa urgência já tinha sido drenada pela familiaridade. Ela custou a levar a sério o que eu dizia, e custou mais ainda a entender o que uma viagem pra Paris queria dizer concretamente pra ela e pra nós. Longos silêncios foram interrompidos por questões curtas e factuais — "Desde quando?", "Por que agora?" — e por respostas vagas, alguns estrondos e gritos na vizinhança, latidos, sirenes, o trânsito e as buzinas, que aumentavam à medida que a tarde chegava ao fim e a cidade também se movia pra mais uma conclusão. Depois de algum tempo, Laura começou a parecer tão aliviada quanto surpresa, e não exatamente triste ou traída. Usava aquele resto de tempo pra tentar captar o que havia lhe escapado e, sobretudo, pra entender o quanto deveria se preocupar comigo.

De fato, nada na minha existência até ali sugeria que eu pudesse sobreviver sozinho num país estrangeiro, ou mesmo longe do campo gravitacional daquele quarto. De modo que, sim, ela deveria se preocupar e eu queria que ela se preocupasse e continuasse me dando conforto, proteção e, se possível, soluções — além disso, sabia que não sustentaríamos esse esquema por muito tempo.

Por mais que tentasse, eu fracassava miseravelmente em dar o que a Laura precisava e merecia: uma resposta consistente que não fosse uma evocação covarde da última vontade da minha avó. Eu apenas precisava fugir dali. Mas mesmo nos momentos em que se mostrava perplexa, ou nos intervalos em que parecia reformular suas dúvidas, a Laura não se ressentia. Quando nos despedimos, exaustos, por um momento tive a impressão de que ela esteve prestes a me agradecer por ir embora.

PARIS

1.

A primeira nevasca daquele inverno congelou um pano de chão e uma calcinha estendida na véspera. Uma espessa crosta branca se acumulou sobre Gárgula, a pomba feia de porcelana que o Giorgos também havia deixado pra trás. Imóvel num ninho de vime no parapeito da janela, ela parecia espantar não só as pombas de carne e osso como também os corvos, que evitavam pousar ali. Se continuasse naquele ritmo, a atmosfera mofada das últimas semanas seria vencida e, quando Ela olhasse pra fora pela manhã, Belleville estaria pálida e pacificada como uma morta. Assim seria mais fácil suportar o peso da estação dentro do nosso cubículo.

Ela vivia aquilo como alguma estreia importante. Obviamente já tinha enfrentado a neve como um obstáculo enquanto avançávamos pela cidade. Por anos a neve se infiltrava nas rachaduras dos nossos sapatos de segunda mão e encharcava nossas meias sintéticas, que encolhiam em lavanderias até regredirem ao tamanho infantil. Mas a Ewa

não viria naquela noite, e dali de cima toda a neve do boulevard de la Villette *pertencia* à Ela.
No chão, em algumas semanas, o velho ciclo se completaria. Nenhuma lei ou intervenção humana pode impedir o desfecho de sempre: o bairro parece pior assim que a temperatura sobe alguns graus. De um dia pro outro, precisamos nos equilibrar sobre uma camada de gelo liso e traiçoeiro que depois derrete e vira lama. As ressacas do inverno chegam com tudo. O lixo transborda nas sarjetas e, cedo ou tarde, levamos nos sapatos a merda preservada de cães alheios, tão deprimidos e castrados quanto nós.

Comecei a chamá-la de Ela por volta dos cinco anos de idade. À medida que crescíamos, recorri a outros nomes — Bia, Ibis, Pamela, Janaína, Charlotte — sem que chegássemos a um acordo. Ela queria, Ela pedia, e eu estava ali pra atendê-la e deixá-la contente se fosse possível. Era como eu pensava na coisa toda. Cabia a mim fazer o *possível* acontecer e, numa escala de possibilidades promissoras, a França deveria ter sido um passo adiante. Ou pelo menos aquela França que existia na cabeça da minha avó. No país que encontramos, o possível exige ainda mais determinação.
O fato de estarmos em Belleville nos tornava, mais que tudo, conquistadores. Tínhamos furado o bloqueio e avançado por Paris depois de anos vagando pelos subúrbios, pagando por um lugar pra dormir — que podia ser uma cama, um sofá, pequenos quartos ou sótãos — em apartamentos recheados de imigrantes. Aras, Desmond, Assad, Nabil, Mira, Sebastián, Cyril, Arm, Jovan, Gene, Kaysar, Guillermo, Faten, Montreuil/Vincennes, Bondy, Les Lilas, Nanterre, Aubervilliers, Pantin. A marcha constante e solitária é a única

estratégia disponível pra um desgarrado ilegal quando tem algo complicado como Ela pra esconder. Por sua causa, precisávamos contornar não só as malhas oficiais, como também escapar das patrulhas dos outros enjeitados. O sistema moral de certos guetos é mais complexo, vigilante e efetivo do que o Estado jamais poderá ser. Pra nos esquivar de tantos radares, nos movíamos por baixas altitudes, em voos constantes e silenciosos.

Na *banlieue*, destroços da revolta do outono de 2005 resistiam por toda parte. Pichações, vidros estilhaçados, restos de incêndio em carcaças que nunca seriam repintadas, entulhos em terrenos baldios que não são ocupados porque ninguém quer construir ali. Ninguém que possa. De tempos em tempos, outro *garçon* de pele escura morreria em fuga, ou seria estuprado com um cassetete, ou apanharia em custódia até entrar em coma. É como o Estado nina as feras que ele próprio cria.

Depois daquele outubro de 2005, a cada novo *incidente*, a polícia parecia entrar nesses subúrbios só pra esse tipo de operação. Era como se manter o controle sobre quem vive naquelas áreas não bastasse, e também fosse preciso cavar as retaliações que viriam de novo e de novo, renovando os pretextos pro avanço das tropas que demarcariam, cada vez com mais força, as fronteiras que nos separam.

Dois anos mais tarde, Sarkozy obviamente não varreria a *escória*, como prometeu aos *franceses-franceses*, sobretudo os brancos e ricos, ou os que achavam que eram ricos só por serem franceses e brancos. Tampouco ele próprio foi varrido do poder, como esperávamos muitos de nós — a ralé que seguia firme, engordada pela injustiça. Tudo o que ele conseguiu foi sacudir e atiçar ainda mais um vespeiro que se adensava sob o ataque permanente. E nessas circunstâncias não se pode esperar que as vespas abram sindicâncias, se autorregulem e ferroem cirurgicamente apenas o agressor mais direto. Pagará quem estiver no caminho. Nós sempre pagamos.

Mas não éramos exatamente pioneiros. Quando chegamos a Belleville, o bairro já estava fatiado entre chineses, coreanos, árabes, africanos (sobretudo nigerianos) e, em menor número, latinos. Mesmo maltratados, ainda que a burocracia esteja sempre pronta pra cauterizar imigrantes do nosso *tipo* como verrugas, uma vez dentro, nós persistíamos.

Havia ali a grande divisão por ruas, territórios que ficavam nítidos depois de alguns dias de circulação pela região. E também as divisões mínimas, no interior dos condomínios e edifícios.

A maior parte do tempo em que estive ali, dividi a privada do corredor com o grupo de tunisianos que ocupava a *chambre de bonne* à nossa direita. Na tarde em que me entregou as chaves, Giorgos disse que aqueles quartinhos já tinham sido considerados mais insalubres que celas de prisões. Eu achava nosso quartinho, no limite, jeitoso, mas insalubridade era o que me vinha à cabeça quando usava aquela privada. Os vizinhos do sexto andar raramente se preocupavam com a limpeza do único espaço onde constituíamos de fato uma comunidade, embora estivessem em maior número. Fiz o que pude até entender que a coisa tinha contornos abusivos e passei a usar a ducha do quartinho como mictório e as cabines da piscina pública ou os banheiros do hotel pro que não pudesse ser resolvido ali. Se fosse inevitável, me aliviava quase em pé, porque sempre encontraria mijo salpicado no assento.

O quartinho dos tunisianos vivia movimentado. Às vezes quatro se amontoavam ali dentro, às vezes cinco — homens e mulheres, por três semanas um bebê que chorava entre duas e três da madrugada. Suas vozes atravessavam a parede fina e chegavam como ruídos de uma obra distante, ou de uma geladeira velha, ou de um elevador que range dia e noite. Em dias agitados, talvez por brigas ou comemorações, as vozes eram mais eloquentes e intrusivas — como um liquidificador ou uma britadeira —, mas continuavam chegando como sons sem mensagens. Viver cercado de línguas desconhecidas é uma forma de silêncio que aprendi a apreciar. Se Giorgos não houvesse me alertado que a homossexualidade e a transexualidade são consideradas crimes na Tunísia e mencionado que os suspeitos são submetidos a testes anais, a impossibilidade de compreendê-los teria caído sobre nós como uma graça.

Meus vizinhos até podiam ser livres de culpa, quem sabe mesmo progressistas, refugiados políticos do regime de Ben Ali, mas quando eu cruzava inadvertidamente com um deles na escada, entrando ou saindo do edifício, procurava parecer o mais inexpressivo possível.

No quartinho à esquerda vivia um jovem mulçumano da ilha de Mayotte que, nas raras vezes em que dava as caras, tinha uma atitude esquiva, embora nem um pouco ameaçadora. Giorgos gostava dele porque era um separatista. Eu soube que o quarto estava vazio apenas no dia em que a polícia apareceu num sábado com o senhorio, que abriu a porta pra uma revista. Ouvi que o aluguel do mês estava pago e que não havia mais nenhum móvel ali. Bateram na minha porta em seguida, eu não respondi e eles seguiram seu caminho.

Dentro de Paris, nos *arrondissements*, a polícia não costuma usar os mesmos métodos dos subúrbios. A atividade criminosa tende a seguir um código semelhante, dando o bote com discrição e regras de conduta que só uns poucos viciados ou psicóticos em surto quebram em momentos de descompensação química. Esses tipos não duram muito tempo, desaparecem de um dia pro outro e ninguém jamais reclama. Mas, às vezes, como em toda parte, o esquema sai do controle. Os crimes de ódio são passionais e imprevisíveis, por definição. Por isso Giorgos e Julien foram atacados ali mesmo, do lado de dentro dos portões de Paris, numa sexta-feira às nove da noite e diante de muita gente — ilegais ou não. Eles apanharam por pelo menos dez minutos sem nenhuma interrupção. Um dos caras usou um pedaço de madeira, os outros quatro se contentaram com as mãos e os pés. A pessoa que chamou a polícia falava um francês com forte sotaque chinês e desligou sem se identificar. Era tudo o que sabíamos.

Mesmo na privacidade do quartinho, Ela continuava sendo *ela*. O corpo como uma cama estreita demais pra dois. *Eu* era ao mesmo tempo *o cara* que podia ser visto por aí carregando as compras do supermercado, arrastando esfregões, e a soma dessas partes que resistiam a se integrar totalmente. E uma vez que não queria me livrar de nenhuma delas, nos virávamos assim e podíamos até conversar.

"A neve me acalma."
"Você dizia que te angustiava."
"Hoje acalma. Me deixa."

Por aí íamos, sempre concordando que alguns copos dariam conta de eventuais tensões. Vinho barato podia ser bebido sempre que preciso. Na França é possível ser pobre e, ainda assim, se empanturrar e encher a cara. Mas eu costumava optar pela contenção. E a última garrafa logo seria vencida.

Descer os seis andares e caminhar meio quarteirão até a *épicerie* do Tariq, o paquistanês, implicava remover o que fosse visível: maquiagem, brincos, anéis e unhas postiças. As calças, as botas e o casaco pesado de inverno se encarregavam de cobrir o resto.

Eu costumava enfiar algumas moedas no bolso e deixar o dinheiro da semana na carteira. Sabia que não levava o bastante. Como de costume, o Tariq desempenharia seu papel, sorrindo diante da minha careta constrangida e repetindo "Manu, não se preocupe, você paga a diferença no começo do mês", as mãos dando tapinhas no ar. Ele insistiria no *vous*, apesar dos meus apelos. *Tu* evidentemente era o tratamento ideal numa relação baseada em transações fiadas no meio da noite, mas o Tariq parecia ter um ponto a sustentar.

Essa artimanha nunca deixou de funcionar com ele — qualquer outro bufaria e me mandaria à merda. *Se tem sede e não tem dinheiro, que mastigue um punhado de neve suja até derreter.* Porém, o paquistanês não só facilitava as coisas como cuidava da minha autoestima. Insistia que eu era um "rapaz bom". Julgava-se um exímio detector de bondade e maldade e, aos seus olhos infalíveis, eu era definitivamente bom e assim continuaria sendo em nome de Alah. A rara chance de ouvir alguma coisa favorável a meu respeito — uma vez que Giorgos tinha ido embora — me fazia continuar com aquele esquema.

Apesar de ser dono de um mercadinho que devia seu faturamento sobretudo às bebidas, Tariq não bebia. Nem seus pais, nem seus filhos, nem sua esposa. Só o irmão mais

novo, dia e noite, enquanto ainda estava vivo, "porque deve ter sido a vontade de Alah, pra testar todos os outros". Mas não, a morte dele não tinha sido culpa de Alah, "a bebida traz consigo a falta de sorte, faz Alah olhar pro outro lado". Eu tentaria argumentar sobre as falhas sistêmicas daquele deus, como de todos os outros, e em favor do álcool, mas o Tariq encerraria a discussão citando o Corão: "O pecado é muito maior que o benefício".
Mesmo nesses momentos de discordância, e embora sua fé fosse feita de pedra, nunca havia dureza nas palavras dele. De algum modo eu parecia trazer seu irmão caçula de volta ao mundo dos vivos e ao lugar onde ele talvez estivesse agora, do outro lado do balcão, vendendo pecados engarrafados pra nós, "os que já estavam condenados". Tariq costumava mencionar aquele irmão quando eu aparecia. Se despedia com um sorriso levemente esvaziado pelo luto que a minha partida devia reacender. Havia motivos de sobra pra eu nunca lhe perguntar se Alah não ficava ofendido com seu meio de vida, assim como pra eu sempre pagar o que lhe devia. Outros poderiam esperar pra sempre, mas não ele.

Naquela noite de nevasca, como em tantas outras, voltei pro quartinho com uma garrafa, mais uma dívida desnecessária, o ego massageado e o bem-estar que as relações em Paris raramente ofereciam. Apressei o passo, não por causa do frio, mas porque não queria estar em nenhum outro lugar além do quartinho.
Polish Jazz Quartet tocava na vitrola portátil que a Ewa tinha deixado ali dias antes, junto com dois discos. Anéis em quase todos os dedos — bijuterias ou prata barata, compradas e roubadas —, unhas vermelhas, um par de brincos

que caíam em cascata até a nuca, a camisola preta com um decote profundo nas costas, um xale russo sobre os ombros. E os saltos altos que tocaram a rua uma única vez, na primavera. Foi o bastante: meia dúzia de adolescentes escorados no muro de uma escola caiu na gargalhada e Ela não conseguiu pensar em outro motivo além do fato de que, sem a luz certa, parecia inacabada e patética. Depois disso, voltou a se contentar com os cinco passos de uma diagonal à outra do quartinho. Ida e volta desviando ou batendo em obstáculos até que o corpo ficasse marcado e treinado, e Ela aprendesse a usá-los pedagogicamente a seu favor. Nenhuma economia porque só existia o presente. Mesmo que Ela não fosse *perfeita*, seria a única mulher no mundo com tantos anéis e pulseiras e um xale russo sobre os ombros ouvindo jazz polonês numa vitrola azul.

Ela mal precisou estender o braço pra encher mais um copo. Dentro da toca, podíamos estar ao mesmo tempo na sala, no quarto, na cozinha e no escritório sem que fosse preciso dar um passo. Mas Ela gostava de repetir pedidos e avisos. *Seria bom ir até a cozinha agora e pegar mais vinho* ou *Vou me fechar no escritório pra trabalhar um pouco, não me perturbe até a hora do chá* ou *Tudo o que quero hoje é me trancar no quarto e dormir o dia inteiro* ou *Um pouco de privacidade, é pedir muito?* Paredes e cômodos eram erguidos por suas palavras, embora a única parede concreta fosse a que nos mantinha separados do resto do mundo.

Continuou parada diante da janela, lambendo o vinho que escorreu pelos dedos, na posição exata onde Giorgos tinha se empoleirado tantas vezes. As cortinas agora estavam arranjadas com cuidado pra que Ela xeretasse sem ser vista, mesmo que não houvesse muito pra ver ou que ninguém pudesse vê-la àquela hora da noite. Onde pusesse os olhos, raramente havia algo além das mesmas árvores secas e das três fileiras de carros vazios estacionados ao longo do boulevard. Às vezes uma sombra humana que se desintegrava entre a neve e a penumbra dos prédios. A Ewa sempre poderia surgir dos mesmos lugares. Desde que tinha voltado pra Paris e maculado a nossa fortaleza, cada noite de privacidade era vital.

Até os inferninhos do bairro fecham as portas cedo numa quarta-feira no auge do inverno. Os clientes são escorraçados e não se ressentem. Imploram por um último copo, que não será concedido, e voltam na noite seguinte pra buscá-lo. Os edifícios ao redor parecem tão habitados quanto mausoléus. Do lado de dentro, os mortos-vivos de Belleville se aguentam como podem. Respiram, trepam se tiverem sorte, se masturbam solitários ou se conformam com a abstinência, falam de dinheiro, pensam em dinheiro, bebem, fumam, cheiram, tomam comprimidos, injetam insulina, heroína, têm sonhos, pesadelos, insônias, gases, apneia, rangem dentes, roncam, babam, coçam eczemas, urticárias, sarnas, tremem de frio, suam, fedem, acordam cedo, ou tarde, e, se não estiverem velhos demais pra isso, saem pra manter a máquina em movimento. Até os *clochards* parecem obedecer a um arranjo rígido. Alguns devem rezar pra morrer dormindo toda noite, enquanto a maioria se agarra à vida e prolifera com a avidez dos fungos.

O fato de Ela ter uma existência magnífica que lhes era totalmente desconhecida a entristecia. Mas logo passava. Sua plateia devia ser outra. Estava se guardando, se aperfeiçoando, enquanto eu descia pra fazer compras, esfregar banheiros de estranhos, passear com o cão da fadista, lavar pratos, servir mesas e voltar com a verba mínima de que precisávamos pra continuar em cena.

Era justo que fosse assim. As ameaças pra um homem são menores. Ilegal, latino, mas ainda assim um homem. Quase branco, passável. Foi algo fácil de aprender: tanto imigrantes quanto franceses que não se importavam em dividir o pasto escasso do *20ème* com a erva daninha, ou que não tinham outro lugar pra ir, me deixariam em relativa paz enquanto eu não traísse a tarefa de frequentar o mundo deles como um homem.

Até Ewa aparecer, três meses antes, eu a tinha visto apenas no mural de polaroides do Giorgos: roupas largas de brechó, a luz estourada no rosto, os lábios roxos de vinho e os olhos espremidos, como uma máscara japonesa. O que eu sabia a respeito dela na época se limitava àquela única foto e ao que Giorgos tinha me contado: que ela vivia como nômade; que andava por aí num Lada Niva vermelho caindo aos pedaços que às vezes usava como dormitório — "o Range Rover comunista" herdado de um avô trompetista que chegou a tocar com o Thelonious Monk e substituiu o Dizzy Gillespie numa pequena turnê na Polônia; que era técnica de enfermagem e tomava conta de uns velhos moribundos sempre que precisava de dinheiro; que mudava de telefone a cada poucos meses porque os perdia e quebrava, ou porque nunca durava muito no mesmo código de área; e que nunca, jamais, em hipótese alguma lia e-mails.

Agora, quando ela avisava que vinha, me sentia compelido a apagar os rastros da outra. Ainda que não tivesse pra onde ir, nem pudesse ir a parte alguma sem mim, Ela se recolhia até que Ewa decidisse ir embora mais uma vez.

Como a pomba e a pilha de malas de caixeiro-viajante, a polonesa fazia parte do pacote que Giorgos havia me entregado junto com as chaves, e eu aceitaria viver com uma família de corvos ali dentro se fosse o preço pra sair da *banlieue*. Mesmo com os infinitos imigrantes, a privada imunda e os seis lances de escada, aquele arranjo me favorecia bastante. Ewa não precisava do meu corpo pra existir; Ela, sim. Então, enquanto podia, observava o máximo possível, alternando o foco entre a neve que caía e as três putas chinesas que finalmente apareceram e se encolheram debaixo da marquise em seus casacos térmicos de nylon.

"Olha, chegou mais uma. A gorda!"

Ela gostava de monitorar as três putas que ficavam sob a marquise do prédio do outro lado da rua quando chovia ou nevava. Eram muito diferentes entre si, mas todas pareciam ter mais de quarenta anos. Camadas de materiais sintéticos tornavam seus corpos meio rechonchudos, pequenos blocos estofados que não pareciam feitos para aquela atividade.

Passava das duas da madrugada, não havia ninguém além delas lá fora, a neve fina caía sem parar. Continuavam ali pra quem, naquelas circunstâncias? Haveria algum amor pra elas? Algum sistema de rodízio que as obrigava àqueles plantões inúteis? Estavam ali porque queriam? Que tipo de necessidade ou ameaça as mantinha afastadas dos seus quartos aquecidos? Fazia parte da obsessão que Ela nutria por aquelas putas formular perguntas que permaneceriam sem resposta. Já que pensava nelas não só como putas diferentes das outras, mas como nossas iguais, no fundo se sentia capaz de responder às próprias perguntas.

Por mais que fantasiasse a respeito, Ela não poderia se aproximar e convidá-las para uma noitada de queijos e vinhos que acabaria em lágrimas e trocas de segredos. Dois ou três vigias surgiriam de lugares que os nossos olhos não viam. Belleville é especialmente hostil à curiosidade.

"O garoto árabe outra vez! Tá apaixonado pela ruiva!"

Só no meio da madrugada seria possível flagrar uma negociação em curso entre um adolescente árabe e uma prostituta asiática. Durante o dia, os caras árabes do comércio do bairro se concentravam quase sempre em grupos de cinco ou seis — sempre homens. Aparentemente davam continuidade a debates intermináveis diante das portas que levam aos negócios da família. Dois quarteirões adiante, as putas também conversavam entre si em duplas ou em trios, prospectando clientes lado a lado com os outros funcionários da redondeza, liberados por quinze minutos pra tragar um cigarro e respirar sua cota de poluição. Mesmo quando uma delas era escolhida, tudo acontecia à distância e os movimentos que se seguiam eram felinos, quase imperceptíveis.

Tinha que ser assim. O plano de Hollande era agir como se não se opusesse às putas — fossem brancas, pardas, negras, amarelas, rachadas ou bem-dotadas —, mas a quem pagava por seus serviços. Sarkozy pelo menos havia sido mais sincero. Seja lá quem estiver no poder, o resultado é sempre o mesmo: eles vêm e vão com suas ratoeiras e ameaças; as que não caem, se multiplicam.

Do quartinho, torcíamos por elas. À distância, aquelas chinesas pareciam tristes e sozinhas no mundo; de perto, eram como santas de altar. Da janela podíamos encará-las com devoção. Os vãos das portas deixavam de ser locais de passagem pra se tornarem suas vitrines. *Excusez-moi, bonjour, pardon* eram as senhas pra entrar e sair dos edifícios. *Excusez-moi, bonjour, pardon*, e elas sorriam tímidas e respondiam como qualquer vizinha cordial faria. Então Belleville parecia menos sórdida, e nosso fracasso, um pouco mais doce.

Mas não naquela noite. Pouco depois das duas da manhã, enquanto Ela sonhava com os filhos que o garoto árabe e a ruiva teriam, Ewa deve ter pedido licença a uma quarta puta que se espremia contra a porta do meu edifício, fora do nosso campo de visão. Deve ter perdido o fôlego e tropeçado subindo os seis lances de escada porque estava vindo de alguma farra química. Deve ter perdido o telefone na rua, num bar ou no apartamento de alguém, e uma noite dentro do seu Lada seria impraticável naquele frio. Chegou sem avisar e entrou sem bater com a ponta da chave na porta, como costumava fazer. Ou as batidinhas foram abafadas pela música e pelo vinho que Ela tinha bebido. Uma vez dentro, se agachou pra tirar as botas cheias de neve. Só depois olhou pro quarto. Pareceu demorar alguns segundos pra me reconhecer na janela.

"Manu?", perguntou, como se precisasse se certificar.

2.

Na primeira vez em que a Ewa apareceu, levou quase uma hora até que eu entendesse que ela tinha passado pelo quartinho. Depois de dez meses, eu já não pensava que a amiga polonesa do Giorgos pudesse chegar precisando de abrigo.

Se outros sinais puderam ser ignorados — talvez *eu* tivesse deixado a louça suja na pia, talvez *eu* não tivesse esticado bem os lençóis —, os longos fios pretos emaranhados no ralo da ducha foram um indício incontornável de sua presença. Meus cabelos mal batiam nos ombros e eu colava cada fio que caía durante o banho numa das laterais da cabine. Gostava de usar esses fios perdidos uma última vez pra escrever mensagens ou desenhos na superfície úmida e, assim que me enxugava, tomava o cuidado de removê-los, fazer a contabilidade e prendê-los num nó que jogava na lixeira. Cada fio representava um aviso do que estava por vir: o dia de perdê-los todos — cabelos, pelos, sobrancelhas, cílios. Cedo ou tarde, aconteceria.

Só depois do banho, determinado a encontrar outros rastros do invasor, descobri um pedaço de papel de pão rabiscado sob a sacola de compras que havia trazido da rua: "G., Ewa à Paris. 601014255. appelle-moi. xoxo".

Fazia meses que o Giorgos não tinha notícias da Ewa quando o ataque aconteceu, e continuou sem notícias depois. Deixou Paris sem avisá-la. Os encontros deles dependiam de iniciativas que só podiam vir dela. Alguma coisa muito boa devia acontecer ali pra que uma amizade assim, que parecia beneficiar apenas uma das partes, resistisse a tantos anos. Aos poucos entendi que essa coisa era a liberdade.

O bilhete indicava que ela ainda não sabia o que havia acontecido. De fato dava pra entrar e sair do quartinho sem notar a diferença. O ambiente continuava quase o mesmo de antes da partida do grego. Por mais que fosse tentador imprimir alguma marca pessoal ali, ele havia feito um trabalho de encaixe impecável, nada menos do que mágica com os onze metros quadrados disponíveis pra sua fúria acumuladora.

Eu ficaria sabendo que a situação era mesmo essa dois dias mais tarde, quando cheguei em casa depois de duas faxinas — do apartamento da fadista e de um salão de beleza do outro lado do rio, perto do Jack's —, e encontrei uma garrafa de vinho pela metade, um resto de baguette roída sobre a pia e outro bilhete, desta vez colado no espelho. A Ewa voltaria pra passar a noite.

Se ainda não tivesse feito o movimento seguinte, Giorgos estaria incomunicável numa cabana na região de Malá Skála, na República Tcheca, tomando ayahuasca com um pequeno grupo que definiu como "meio vikings, meio elfos, todos tragicamente héteros" no verso de um cartão postal da Ponte Carlos, em Praga. Quase um ano depois, ele ainda se dedicava a encontrar postais particularmente feios dos lugares por onde passava pra me enviar com resumos debochados. Era seu jeito de dizer que me amava. Sem muita escolha, portanto, escrevi uma mensagem pra Ewa explicando a situação.

"Posso ir mesmo assim?", dizia a resposta que chegou um minuto depois.

Já passava da meia-noite quando a polonesa bateu de leve com a ponta da chave na porta e a abriu em seguida. Fiquei imóvel, com o nariz colado à parede, fingindo que dormia um sono profundo enquanto me concentrava em adivinhar seus avanços pelo quarto. Me sentia irritado e ansioso. A cama dela estava feita ao lado da minha. Não havia outra opção. Entre a porta, a ducha e o acesso até a pia e a janela, sobrava um caminho estreito, onde só cabia um pé de cada vez.

Ewa tirou os sapatos e largou a mochila junto à porta, foi até a pia, bebeu água, deve ter lavado o rosto e, em seguida, tombou no colchãozinho, ainda de roupa. Instantes depois, emitia uma espécie de ruído branco. Me virei com cuidado pra que o estrado não me denunciasse, e olhei pro que era possível ver dela: de costas pra mim, encolhido em posição fetal, um corpo pequeno coberto por uma roupa escura que se misturava com a escuridão do quarto, e só um dedão muito branco pendendo pra fora de uma meia grossa. Por alguma razão, aquele dedo exposto me acalmou e voltei a dormir.

Continuava escuro quando uma corrente gelada e o cheiro de cigarro que vinham da janela me acordaram. Ewa es-

tava ali, em pé, concentrada em algo que acontecia do lado
de fora. Ao menor movimento, olhou na minha direção.
"*Tu veux baiser?*"
"*Quoi?*"
"*Let's fuck? Quieres joder?*"
"*Ah... Oui.*"

De manhã cedo, quando acordei, ela estava tomando
banho e tinha feito café. O aroma formava uma espécie de
bloco sólido que preenchia todo o espaço. Debaixo da coberta, meu corpo nu se contraiu num espasmo de vergonha.
Era incompreensível. A luz do dia tornava um pouco sórdido
o que havia acontecido? Eu me sentia inconscientemente
violado? Só estava desacostumado a trepar? Enquanto Ewa
estivesse ali, o desconforto continuaria. Tentei calcular o tempo que levaria até ela ficar pronta e sair, e se seria razoável
mais uma vez fingir que dormia até aquilo acabar. Regredia
de novo aos meus velhos truques.
    Podia ver o contorno do seu corpo através do vidro embaçado e ouvi-la balbuciar alguma canção na mesma língua
que tinha falado enquanto subia e descia sobre mim, e que
devia ser polonês. Meu coração acelerou e meu pau se moveu, como que respondendo à reverberação. Comecei a suar.
Eu era uma criança de novo. Voltei a me virar pra parede,
decidido a levar a cena da bela adormecida até o fim. Ewa
desligou o chuveiro, saiu da cabine, mexeu na mochila, pareceu se vestir, pegar uma xícara, servir um pouco de café e
devolver a xícara à pia, onde escovou os dentes. Depois, os
sapatos, a mochila, as chaves, a porta batendo e os estalos
dos degraus lá fora. Nenhum tempo morto. Não deve ter
durado dez minutos.

Agora eu podia tentar desfrutar do que tinha acontecido. Me levantei e fechei o trinco de segurança. Voltei a me deitar e fiquei um tempo olhando ao redor, ainda um pouco incrédulo. A não ser pela camisinha murcha na cabeceira e por dois fios de cabelo pretos sobre a fronha branca, o colchonete estava do jeito que eu tinha deixado. Ewa esticara o edredom. O cheiro de café começava a arrefecer. A minha toalha estava amontoada sobre o box, recém-usada. Nenhum bilhete visível. De repente me ocorreu que ela já devia estar na rua. Fui até a janela e a vi parada na calçada que dividia a avenida, fumando e digitando no telefone. O alerta de mensagem soou bem perto de mim, e então voei até o aparelho que tinha caído no vão entre a parede e o estrado da cama.

"*Merci pour l'hospitalité.*"

Voltei pra janela com o telefone na mão. Ela continuava digitando, mas não pra mim. Nenhuma outra mensagem chegou. Ainda era uma completa estranha. O cabelo preso num coque meio desmoronado, a calça pelo menos dois números maior, o que lhe dava um aspecto desleixado e anacrônico: uma jovem punk dos anos 1980 viajando no tempo, prestes a chutar umas latas de lixo e uns pombos, enquanto os outros se contentavam com o apático ir e vir do dia a dia.

Quando Ewa se afastou em direção à estação Colonel Fabien, me dei conta de que eu já deveria ter passado na casa da Mme. Costa pra alimentar José, o poodle sociopata. Ele desprezava toda a espécie humana a não ser por mim e pela fadista, que estávamos no mundo pra servi-lo, e toda a espécie canina, a não ser por uma bull terrier quase cega chamada Gangi, que frequentava o mesmo parque por volta das oito da manhã e que ele *esperava* encontrar. Eu ficava encarregado de passear com José sempre que a cantora saía em turnê — nunca pro seu próprio país. Era uma fadista desterrada, condenada pelos puristas do fado, porém rica. Como cheguei por indicação do Giorgos, a quem dizia amar como a um filho, ela me confiava suas chaves e seu cão, dava boas gorjetas e pagava acima da tabela pelas faxinas. Mas também exigia mais que qualquer outra *patroa*.

Àquela altura, José já teria acordado os vizinhos e destruído algo que Mme. Costa jogaria na minha cara quando voltasse. Latiria raivoso quando eu abrisse a porta e se esconderia sob o sofá enquanto eu coletasse ou talvez pisasse em seus rastos vingativos. Depois, se deitaria de costas e se contorceria um pouco como um filhote, pra que eu coçasse sua barriga. Na rua, atacaria cada cão pelo caminho, cada velhinha que lhe estendesse a mão e afastaria as crianças com gritos. Seria contido pela guia como uma besta que se debate até o fim, e eu distribuiria pedidos de desculpas, invejando, no fundo, sua espontaneidade.

Antes de sair de casa, arranquei o lençol do colchonete, joguei o travesseiro e o edredom sobre a minha cama ainda desfeita, levantei meu colchão pra encaixar o outro sobre o estrado e abrir caminho, me vesti e, enquanto um dos tunisianos tinha uma crise aguda de tosse do outro lado da parede, bebi um gole de café morno na xícara suja que a Ewa tinha deixado sobre a bancada da pia junto do tubo aberto de pasta de dente.

3.

A Cris e minha mãe continuavam me escrevendo praticamente toda semana e eu seguia lendo os e-mails delas. Me sentia incapaz de cortar aquele acesso, mas estava convencido de que estaria a salvo enquanto elas não soubessem disso. Mesmo que não respondesse fazia quase dez anos, não podia resistir a abrir as mensagens e ler até o fim. Mantinha a velha conta no Bol só pra elas escoarem suas mágoas, e raramente havia surpresas: as mesmas acusações e queixas e um cardápio de ameaças de intensidade variada. Eventualmente um pot-pourri em Caps Lock, marretadas no melhor estilo enfermeira Annie em *Louca obsessão*. Ou as mesmas mensagens reencaminhadas com pequenos adendos que vinham logo no cabeçalho: LADRÃO, CÍNICO, BILTRE, EU SEI QUE VC ESTÁ LENDO ISSO.

Que minha irmã me acusasse de deixá-la sozinha cuidando da nossa mãe não chegava a ser novidade, nem me surpreendia. Que nossa mãe estivesse a cada dia mais intratável e que a Cris chamasse de *cuidar* o simples fato de morar com ela, tampouco. Essas duas que, anos atrás, tiveram o poder de me consumir até o caroço, também podiam soar tão alheias, tão sem vínculo comigo quanto as próximas eleições parlamentares em Kiribati. Mas as pequenas tréguas internas não impediam que uma fina camada de culpa se alojasse sobre o sentimento geral de que eu jamais voltaria a me importar com elas.

A profecia da nossa avó havia se cumprido: a Cris continuava se expressando como a adolescente que já deveria ter deixado de ser. Prolixa, errática e infantilmente cruel. Ao mesmo tempo burra e exigente, um clichê preguiçoso. Continuava estacionada na forma paquita, mesmo tendo sido destituída do posto havia quase duas décadas. Depois de seis meses magníficos, só restava o eco que nunca silenciaria dentro dela: sua cara nas manhãs de segunda a sexta-feira em rede nacional, ainda que não tivesse o carisma necessário nem gostasse de criança, ainda que não pudesse evitar o nojo quando as mãozinhas grudentas de bala a tocavam e as boquinhas lambuzadas carimbavam sua maquiagem. Não demorou muito pra que se dessem conta disso e a deixassem num canto, onde a câmera nem sempre chegava. No programa de despedida, ela teve uma crise de choro ao vivo que só acabou quando um ator fantasiado de mosquito a abraçou e entregou o ultimato da produção: tinha que sorrir antes do fim daquele bloco, pra que tudo acabasse numa nota de otimismo. A saída não podia soar como demissão — uma paquita, claro, não podia ser demitida —, e ela *precisava* se lembrar de dizer que tinha *projetos*. Bem ou mal, viveu o sonho. Era linda, mas não prestava pro trabalho. Nenhuma criança da época, além de mim, devia se lembrar mais daquela assistente de palco que durou tão pouco.

Nossa mãe nunca assistia ao programa, mas decidiu que

o faria no último episódio, o que me deixou tenso e desapontado. Significava que eu teria que me conter. Ela não se deu ao trabalho de me desmascarar quando eu disse que estava com febre e não podia ir à escola. Sentou ao meu lado no sofá e ficou bordando a barra de uma toalha de mesa, levantando os olhos pra tela de tempos em tempos pra ver a derrota da filha. Quando a Cris entrou na nave, acenando com uma mão e limpando o rímel borrado com a outra, ela balbuciou: "Bem feito!". Encarei-a, chocado, mas seus olhos já estavam absortos no ir e vir da agulha.

Talvez, como eu, a Cris tivesse sido danificada muito cedo. Talvez não fosse uma pessoa ruim, embora também não conseguisse ser propriamente boa. Talvez pudesse ir adiante se desse alguns passos pra além do seu mundo. Mas ela pagaria o preço? Pra descobrir, eu teria que baixar a guarda e me aprofundar, e não me sentia nem um pouco motivado.

Os e-mails da minha mãe soavam ou como memorandos objetivos e enfáticos ou como listas de exigências e reclamações. Pelo menos uma dezena de pontos de exclamação e interrogação cravava o tom. Dava pra ouvir seus gritos. Eu tinha acabado com a vida dela. Eu era como meu pai. Eu era como todos os outros. Ela tinha jogado as minhas coisas no lixo. Ela sentia minha falta. Era minha mãe, afinal. Eu não era mais o filho dela. Naqueles anos, sem poder concluir o inventário à minha revelia, era mantida como *refém*, ainda que, por muito tempo, eu tivesse garantido que assinaria os papéis e os mandaria pelo correio.

Nos relatos da Cris, ela seguia rivalizando com outras mulheres e aparentemente tinha desenvolvido uma espécie de alergia a homens de carne e osso. Passava horas em chats de namoro sem nenhuma intenção de levar aquilo pro mundo real. Em algum ponto, comprou um chihuahua que batizou de Nenê e dormia na sua cama. Também havia vendido o apartamento onde eu cresci, se mudado pro 155 e encerrado seus dias de corretora de imóveis. Desde criança, eu era capaz de ver como era ambígua a relação da nossa mãe com aquele trabalho. O vício pela adrenalina e pelo dinheiro potencialmente fácil correndo junto com a angústia de ficar nas mãos de clientes indecisos que queriam mais do que o próprio dinheiro podia comprar — todos sempre a um passo da desistência às vésperas da escritura. Acreditei que aquelas mudanças pudessem, afinal, representar a guinada de que ela precisava, mas os e-mails que chegavam do Rio atestavam que não era o caso.

Em algum momento, a Cris se casou com um publicitário paulista. Menos de um ano depois, chegou em casa e não encontrou a televisão, nem o home theater, nem o aparelho de som, nem um faqueiro que haviam ganhado de presente de casamento, nem as roupas do marido. Não pôde arrancar dele mais que um "Eu não consigo" pelo telefone. Ela também não saberia mais como conseguir e converteu o escritório do nosso avô em quarto depois de uma temporada de brigas com nossa mãe, que por muito pouco não foram físicas.

De certa forma, a história mãe-filha que tinha começado com minha avó e minha mãe se repetia agora com a Cris. As duas se diziam alvo de todo tipo de conspiração, se detestavam e não se desgrudavam. Dia após dia, uma lembrava à outra que a beleza não ia durar. E o que vem depois da beleza, quando todo o resto atrofiou e murchou por simples falta de uso, é só guerra sem trégua.

Por todo esse tempo, uma se queixou da outra, e o fato de estarem de acordo a meu respeito devia lhes garantir momentos preciosos de harmonia. Essa roda continuaria girando sem grandes solavancos enquanto eu não mordesse a isca. Nenhuma palavra precisava ser dita. A ideia de falar com minha mãe e minha única irmã me aterrorizava. Talvez eu seguisse abrindo aquelas mensagens apenas porque elas continuavam confirmando que eu não tinha pra onde voltar.

Na única vez em que falei com Giorgos sobre minha família, ele estava virado havia duas noites, tentando curar uma insônia de cocaína com um porre de cerveja. Como não atendi o celular, me interceptou no hotel e me convocou a resgatá-lo no Aux Folies depois do expediente. Ele tinha perdido as chaves e eu era a única pessoa em Paris com uma cópia.

Cheguei um pouco depois das nove e esperei do lado de fora, numa mesa perto da porta, enquanto, do lado de dentro, o grego concluía um dos seus números diante de uma plateia variada de bêbados de boca mole e riso fácil que ele conhecia pelo nome. A mistura de autoconfiança e galhofa era um espetáculo interessante de assistir à distância. Não era preciso ouvir o que ele dizia, era só ver seu corpo se mover. *Se tivesse dez por cento disso*, eu costumava pensar, vendo o efeito imediato das descargas de carisma que ele lançava no ambiente. Eu queria entender o que o fazia insistir na minha companhia quando teria sempre tantas outras à disposição. Giorgos tomava o cuidado de não misturar os grupos, de modo que eu costumava ter uma espécie de exclusividade que não devia depor a meu favor.

Quando ele me notou através do vidro, correu na minha direção com braços abertos, narinas em chamas e olhos ultraexcitados: "*Nounours! Mon héros!*". O molho de chaves e a torrezinha dourada balançavam entre seus dedos engordurados: o troféu do pilantra. Mais cedo naquele dia, um tufo de cabelo perto da nuca tinha se desprendido enquanto eu tentava desfazer um nó com os dedos — saberia que se tratava dos primeiros sinais da alopecia depois que mais dois tufos caíram e fui obrigado a consultar um médico. Eu tinha lavado uns dez banheiros e o cheiro de Mr. Propre Ultra Power não me largaria até a manhã seguinte, quando tudo recomeçaria. E a minha mãe estava fazendo setenta anos.

Comecei a me queixar da minha mãe, mas ele não se interessou pelo assunto nem pela gravidade do meu tom e logo me cortou. Abandonava a fase bufão pra inaugurar aquela em que ficaria impaciente, exasperado e eventualmente cruel diante das nossas discordâncias. Passou então algum tempo tentando me convencer de que todas as respostas que eu procurava podiam ser encontradas na etimologia. Família = *Famulus* = escravo doméstico e coisas do tipo, que pra mim soavam acadêmicas e inúteis. E enquanto eu repetia sem a convicção necessária que precisava correr pra estação, que ia perder o último trem, ele sumia e voltava com copos cheios e insistia que tínhamos saltado do trem na hora certa, que "a família é a primeira célula criminal", que quanto menos tempo a raiz tem pra se aprofundar, mais indolor é o desprendimento e menos estrago *eles* podiam fazer. Quando um belo garoto ruivo que não parecia ter mais que dezoito anos passou em direção ao banheiro e o fulminou, Giorgos sorriu de volta, levantou o copo, mas não se moveu.

"Ué, não vai?"

Ele não costumava perder uma chance como aquela. Logo eu saberia que tinha passado as duas noites anteriores trepando com um casal de mexicanos.

"Tudo o que essa bela labareda não precisa hoje é de um

grego trincado e brocha nesse banheiro fedido. A gente tem que cuidar da juventude, *nounours*."

Mas a aparição luminosa do garoto ruivo teve o efeito reversor de um pequeno choque elétrico. Migramos pra zonas mais ensolaradas, conduzidos por novas rodadas de cerveja. Giorgos era uma fonte inesgotável de histórias que seriam sempre ironicamente românticas e obscenas ao mesmo tempo, como se Jane Austen e Marquês de Sade tivessem criado juntos aquela criança. Uma usina furiosa de vitalidade que tinha o poder de drenar meu peso morto em menos de uma hora.

De minha parte, não havia muito pra contar. Estava mais familiarizado com os buracos que se abrem aonde o amor não chega. Já tinha estado em buracos rasos e profundos e era capaz de apontar uma infinidade de coisas feitas para preencher esses espaços. Pode-se tentar cobrir alguns até a superfície e eventualmente ter sucesso nisso. Ou cair buraco adentro indefinidamente. Pode-se passar uma vida inteira sem fazer outra coisa além de cavar e cair. Se não tivesse um trabalho tão complicado a fazer — dar um corpo pra Ela —, eu mesmo já teria me enterrado vivo.

Até que, sem ter planejado, num impulso, interrompi umas das derivas de Giorgos e contei sobre o estupro. Pode ter sido um espasmo da bebida, um pouco de mágoa por não ter tido a chance de me queixar da minha mãe repressora, ou só curiosidade sobre o que viria a seguir. Logo vi seus olhos se transfigurarem, não tanto de surpresa, mas tomados por um afeto profundo. Quanto tempo fazia que ninguém me olhava daquele jeito? E então ele começou a chorar, como se tivesse que assumir uma parcela de culpa pelo que tinha me acontecido, ou como se, diferentemente da maioria, entendesse no corpo o preço daquele tipo de violação.

Segurei seu braço com a palma da mão e os dedos suados e disse que aquilo já não me afetava. Que, de certa forma, a morte do meu irmão tinha encerrado o assunto. Eu mesmo não chorava havia muito tempo — nem por aquilo, nem por nada. Ainda que tentasse, o encanamento estava arruinado. Ele não pareceu dar crédito algum ao que eu balbuciava e quis saber se alguém da minha família havia feito algo pra me defender. Eu me fazia a mesma pergunta com frequência e a resposta variava, na tentativa de encontrar consolo ou adensar eventuais crises de autocomiseração. Falei da minha avó e do meu pai, mas sem muita convicção. "Bem ou mal, acho que eles me protegeram." Giorgos se levantou num ímpeto. A cadeira tombou pra trás e ele a segurou antes que caísse no chão. Mesmo no ponto mais baixo do porre, mantinha alguns reflexos intactos. Colocou-a no lugar e entrou no bar pra pagar a conta. O cara do balcão permitia que ele pagasse no fim da noite, e o Giorgos bancava rodadas pra amigos até ficar completamente falido. Mais de uma vez tinha me cooptado com a promessa de um jantar de verdade, num lugar que parecia ter acabado de inventar, me convencendo de que *precisávamos* de ostras, ou de escargot, ou de algumas doses de arak, e a noite acabava com um aviso de cartão recusado. Mas não naquela noite. Ele voltou determinado, me puxou pela mão e me levou em direção ao seu quartinho.

Eu tinha esquecido de comer e de repente era dominado por um cansaço que vinha de muito antes. Em pé, notei que meu corpo formava um arco, como se a força da gravidade se concentrasse mais em mim. Mas Giorgos continuava segurando minha mão e logo me entreguei a uma espécie de alívio que devia ser a mesma de um cachorro que é levado de volta pra casa depois de um passeio pela vizinhança.

Uma vez abrigados no quartinho, ele me deitou na cama *principal*, tirou meus tênis, me cobriu até o queixo com um edredom de solteiro que cheirava a amaciante e a cigarro, e fez sua própria cama no chão. Tão compenetrado em cada etapa, parecia não ter bebido nem uma gota. Depois amontoou ao pé do colchonete a roupa que ia tirando do corpo e se deitou de cueca. O quartinho ainda estava frio e eu sentia o calor da sua respiração. Ele esticou o braço e afastou uma mecha de cabelo grudada na minha testa.

"Pobre criança, você sofreu", disse, antes de cair num sono profundo, deixando a mão tombar ao meu lado. Em segundos, começou a roncar com uma força que não deixava dúvidas de que eu não estava mais sozinho no mundo.

Quando acordei, Giorgos já tinha descido pra comprar uma baguete fresca e fumava pendurado na janela. O quartinho agora fedia a fumaça e a ressaca — o álcool residual que escapa pelos poros durante o sono. Ele sorriu e apontou com o queixo pra toalha sobre o box da ducha. Obedeci serenamente de novo. Era a primeira vez que ficava nu na frente do grego, mas não houve nenhum comentário malicioso, nem mesmo um olhar de relance. De dentro da ducha, eu o vi abrir o notebook e colocar um cd da Cindy Lauper pra tocar. Seus movimentos agora eram passos de dança. Sem perder o ritmo, transferiu o notebook e alguns livros pra cama, afastou uma pilha de correspondência e liberou espaço na única mesinha que havia ali. Assim que me vesti, depositou uma xícara quente na minha mão e disse que sairíamos em meia hora. Metendo duas fatias de queijo vencido num buraco recém-escavado no pão, explicou que tinha pedido pra Svetlana cobrir meu turno — um favor que faria *pra ele*, porque a mulher não ia muito com a minha cara. Giorgos falou que eu precisava encontrar uma pessoa. Pensei imediatamente que se referia à terapeuta que andava consultando, mas era uma xamã. "Uma bem cara", ressaltou. A consulta seria um presente, e, embora tudo me parecesse meio absurdo, não ousei questionar nenhum ponto do plano.

Pegamos a linha 2 na estação Belleville até Nation e de lá seguimos pela 6 até a Raspail. Eu nunca tinha andado muito por aquele lado da cidade. As calçadas e as ruas eram largas, mas havia pouca gente e mais carros estacionados do que circulando, como se tivéssemos chegado ali depois de algum tipo de evacuação ou toque de recolher. Um ciclista em alta velocidade gritou quando me distraí e coloquei um pé na faixa de ônibus, embora não houvesse nenhum ônibus, nenhum carro, nada se movendo além de nós em metros e metros de asfalto. Por todo lado, só se viam prédios residenciais e escolas, poucos bares e quase nenhum comércio aberto. Havia um projeto claro por trás daquela baixa densidade humana, e nós figurávamos como um óbvio desvio. Eu me esforçava pra me manter ao lado de Giorgos, que caminhava movido por um estranho instinto de urgência. Não conversávamos. Eu não saberia falar sobre o fato de estarmos a caminho de uma consulta xamânica em frente ao cemitério de Montparnasse, não com a seriedade que ele devia esperar — e ele sabia disso.

Quando a mulher abriu a porta, o grego a cumprimentou num tom inédito pra mim e então se despediu. Era uma francesa alta, de cabelos pretos e compridos e um nariz escultural, que lembrava a Anjelica Huston jovem. Ela me convidou para entrar e me conduziu até um quarto nos fundos do apartamento, onde me ofereceu uma xícara de chá antes de me deixar sozinho. Diante da janela, havia uma mesa antiga de madeira escura e três cadeiras do mesmo tipo; no outro extremo, um futon azul-claro com almofadas coloridas. Sentei na cadeira que me deixava de frente para um aparador imponente com pequenas estátuas que pareciam astecas ou maias. Nas paredes, uma coleção de máscaras que deviam ter vindo do mesmo lugar. Ela voltou com duas xícaras, fechou a porta e disse que podia sentir que eu relutava em estar ali. Tentei negar por educação, mas ela me deu as costas e apanhou um baralho no aparador. Pediu que eu cortasse as cartas duas vezes, abriu um jogo, falou consigo mesma e tornou a reunir as cartas. Entendi que a minha função era não atrapalhar seu caminho. Com as cartas entre as mãos, ela me olhou por algum tempo, como se estivesse certa de que o que procurava seria encontrado ali mesmo, depois se levantou, tocou meus ombros, percorreu minha espinha com a ponta dos dedos e pousou as mãos sobre minha cabeça. Só então disse, sem qualquer sinal de dúvida ou hesitação, que eu era uma pessoa dividida. Meu corpo se contraiu. A voz cínica dentro de mim contra-atacou com o óbvio: "E quem não é?". Eu podia vê-la por um espelho e tive a impressão de que ela estreitava um poucos os olhos, contrariada. Logo prosseguiu, voltando pro lugar à minha frente:

"A informação que estou recebendo é que talvez você não tenha sido uma criança desejada e ainda carrega essa marca." Interrompeu a si mesma e girou levemente o pescoço em direção ao ombro esquerdo, como se ouvisse a réplica de alguém que estava ali. "Eu falei *dividido*, mas a palavra certa é *dual*."

Eu podia parecer resignado, mas havia um embate sob a superfície. Ela deve ter lido mais uma vez meus pensamentos julgadores e respondeu colocando diante de mim, sobre a mesa, uma pequena peça de cerâmica que eu ainda não tinha detectado sobre o aparador. Seu rosto, impassível até aqui, se iluminou. O objeto era uma cabeça cindida em dois hemisférios: no esquerdo, um olho, metade de um nariz e de uma boca pronunciados e bem desenhados, e a figura de um animal que parecia um pássaro ao longo da testa e do alto do crânio; no direito, um buraco no lugar do olho, uma pequena protuberância no lugar do nariz, dentes expostos em vez de lábios, e a cabeça de um dragão com a língua pra fora ocupando a parte frontal, enquanto o resto do corpo deslizava como uma cobra pra trás.

"Está vendo? Morte e vida não são coisas separadas. Por mais que a gente queira pensar assim. Você tem ou teve um irmão ou irmã gêmea?"

Custei a entender que aquilo era mesmo uma questão, como se fosse absurda demais pra ser respondida. Eu disse que não com um fiapo de voz, tomei um gole do chá. Ao engolir, me perguntei, com um frio na barriga, que tipo de chá seria aquele. Não lembrava nenhum outro que eu já tivesse tomado. Estava ficando paranoico e só pensava em como sair dali. O rosto dela permanecia imperturbável.

"Eu vejo que teve, mas você não sabe disso, porque ainda está dormindo. Você acha que foi abandonado por ele ou ela e se ressente. O ressentimento está aqui" — ela apontou pra imagem do dragão e, depois, pro o meu peito — "e aqui também, claro. Você se sente sempre sozinho, não é? Sua mãe é uma pessoa infeliz, esse estigma está em você, mas seu pai é ainda mais. É muito comum que os filhos acabem herdando a infelicidade. É uma energia densa, que não se dissipa de uma geração para outra sem uma intervenção direta. Vejo que seu pai está alojado no chacra da garganta. A sua mãe... ainda precisamos mapear melhor."

Eu não sabia se devia dizer algo a respeito, e começava a me agitar na cadeira. Ela prosseguiu.

"Temos bastante trabalho a fazer por essa cura, mas acredito que, se você se comprometer, vamos conseguir."

Ela tinha de repente adotado o plural, já formávamos uma equipe. Depois me perguntou se eu sabia algo sobre *fetus in fetu* e, como se já conhecesse a resposta, explicou o fenômeno em que basicamente um irmão é absorvido pelo outro dentro do útero. Senti uma pontada de raiva por Giorgos ter me abandonado ali, mas algo me impedia de expressar isso — assim como me fazia acreditar que, por estar naquele cômodo, eu tinha concedido àquela mulher livre acesso aos meus pensamentos. Falei que pensaria no assunto e me levantei.

Assim que passei pela porta, peguei o telefone e encontrei uma mensagem de texto: Giorgos me esperava num café a dois quarteirões de distância.

Ele estava animado e eu não quis parecer mal-agradecido, de modo que respondi a um pacote de perguntas dizendo que ainda precisava digerir a experiência, e que, sim, claro, pretendia voltar e continuar o "tratamento", embora a hipótese de que minha situação fosse algo a ser curado e que Ela fosse um corpo estranho alojado no meu estômago — outra filha da minha mãe — me desse vontade de gritar.

4.

O único e-mail que recebi do meu pai chegaria na véspera do meu aniversário de trinta e quatro anos. Ele não mencionou como conseguiu meu endereço nem como era possível que não o tivesse antes. Na verdade, não deu explicações concretas de nenhum tipo e foi bastante econômico pra uma primeira mensagem em quase duas décadas. Aquilo não deixava de ser uma prova de identidade. Quem me escrevia não podia ser um impostor, era mesmo meu pai. Estava morando na cidade e na casa onde nasceu, mas viajou algum tempo até se instalar de vez. Escreveu: "Tacaratu é o meu destino". O que isso significava, ele não disse. A ideia de destino, pra mim, soava como sempre soou, vaga e meio infantil, um tipo de determinação e influência que tenta apagar todas as outras. Na linha seguinte, só o comunicado que conseguia ser ao mesmo tempo casual e enfático sobre uma mancha no pulmão esquerdo, "do tamanho de um punho", uma forma indireta de me contar que devia estar morrendo.

Na linha seguinte ele mencionou a data, disse que nunca havia se esquecido, mas não era "bom com essas máquinas novas", nem sabia como me encontrar. "Desejo — lhe saude, felicidade e muitos anos de vida." O tom meio automático dos velhos telegramas e os erros de quem está apanhando do teclado. "Com saudades, seu pai." Terminava com um número de telefone, que digitei com urgência, como se a mensagem estivesse prestes a se desintegrar.

A voz do outro lado era quase a mesma que ainda ouvia quando me lembrava dele — talvez um pouco mais rouca. O sotaque recalibrado. Meu pai pareceu surpreso, emocionado e sobretudo nervoso, talvez imaginando que eu só pudesse estar ali pra cobrá-lo por seus erros. Perguntei sobre a mancha. Ele ficou esquivo, intercalando rodeios com longas pausas. "Você sabe, quem procura acaba achando." "Ah, mas nada disso importa." E, embora eu estivesse atento, ouvindo cada palavra em busca de um elemento revelador, não fui capaz de captar o fundamental: o que fez meu pai brotar depois de tanto tempo? Também não conseguia me ocupar de nada além de antecipar pra onde sua introdução monótona e errática nos levaria, como se voltássemos pra velha mesa de jantar em Copacabana. Ele aproveitou a brecha, ajustou o foco e começou a fazer perguntas sobre minha vida. O tema *central* agora era eu. "Me fale de você." A voz do outro lado ganhou ânimo, talvez pra demonstrar sua convicção de que eu havia desenvolvido alguma capacidade de administrar aquela vida que ele desconhecia completamente.

Fui igualmente evasivo. "Fazendo uns bicos." "Me virando." "Nada de especial." Ele pigarreou um pouco e de repente se exaltou. Eu ia gastar uma fortuna com a ligação!, era meu aniversário!, ele estava com a caneta na mão pra anotar meu número e me ligar! "Só diga tudo que eu preciso discar." Ficamos alguns minutos nesse embate, até que cedi e esperei o telefone tocar. Agora que *estava pagando*, ele tentava me encorajar a falar com investidas cada vez mais vigorosas. Parecia que estava esfregando uma perna dormente.

No telefone, a oscilação entre a rouquidão e o grito e o interesse pela minha vida me induziam a um vai e vem entre o passado e o presente e de volta à estranheza daquela conversa. Ele respondia às minhas evasivas com mais empenho e eu não sabia como lidar com aquela curiosidade insaciável, nem com a tentativa de cobrir o abismo entre nós com a ilusão de que a intimidade é feita de uma substância imperecível. Enquanto isso, meu pai continuava lançando perguntas de um jeito animado, quase aos berros, como se fosse um líder e eu, uma multidão que ele precisava inflamar.

Instintivamente, pus em prática o que ele mesmo tinha me ensinado durante o tempo em que vivemos juntos. Resisti. Ele, por sua vez, não porque desistisse assim tão fácil, mas preenchendo com gentileza um vazio que eu não ocuparia com meus segredinhos de adulto, contou qualquer coisa sobre a casa onde nasceu e pra onde voltou. Prosseguiu agora num ritmo cadenciado, interrompido por longas pausas ou longas tragadas, outro traço que persistia, depois de cada breve comentário meu, enquanto eu também deixava de lado as perguntas que começavam a me ocorrer.

"Continua com o Plaza?"

Ele riu e tossiu um pouco.

"É... Isso aqui é uma porcaria."

"E o que tem feito além de fumar?"

Também podia ser bom deixá-lo prosseguir. A voz de novo esmaecida, antecipando o desfecho. Havia aberto outra farmácia uns anos atrás, "uma portinha", disse, "no 'povo', quase ao pé da igreja. Concorrência com a padroeira", e riu mais uma vez. Um riso anasalado e infantil. O bastante pra atender à cidade pequena que "se agarra primeiro à Nossa Senhora da Saúde". E agora era só a casa, umas reformas pra fazer mais dois quartos, alguns inquilinos. Nada daquilo me interessava e ficamos em silêncio por alguns segundos. Um cachorro latiu do outro lado da linha, um vizinho subiu as escadas e entrou no quartinho ao lado do meu. A respiração do meu pai era densa, cada palavra acompanhada de um chiado.

"Pai, você se lembra de quando apareceu lá no apartamento em Copacabana no meio da tarde e me levou pra tomar sorvete?"

As palavras que saíam da minha boca finalmente soavam como minhas, o que pareceu surpreender mais a mim do que a ele.

"É claro que me lembro, meu filho", meu pai respondeu sem hesitar, a voz mansa arrastando um pouco mais as vogais.

O silêncio agora foi longo. Talvez víssemos a mesma cena: estou usando maquiagem pesada, em frente a um espelho, no alto de um salto agulha da minha mãe. Um vestido drapeado de jérsei vermelho, que ela tinha comprado pra um evento do sindicato dos corretores de imóveis, escorre pelo meu corpo esguio. Meu pai entra sem fazer barulho, numa hora do que dia em que nunca está em casa. Ele me olha com os olhos de sempre, mas fala comigo como se não estivesse me vendo: "Tá aí, meu filho?". Não respondo, sinto que vou desmaiar, e ele continua mais alguns segundos parado, a três passos da porta. Então sugere que eu lave o rosto e me troque pra dividirmos uma banana split na confeitaria Cirandinha.

Sorvete. Com ele. Durante a semana. Nunca tinha acontecido antes, não tornou a acontecer depois. Assim que saímos do edifício, meu pai fez um sinal com a mão, parou e acendeu um cigarro que já segurava entre os dedos no elevador. Andamos os três quarteirões até a Nossa Senhora de Copacabana sem dizer nada, ele fumando, eu prendendo o choro, um pouco asmático.

Na confeitaria, meu pai conhecia todo mundo pelo nome e, a cada um que o cumprimentava, chamando-o de "dr. Augusto", se debruçava sobre a mesa na minha direção em confidência: "úlcera", "tem enxaquecas terríveis", "artrose e hipertensão, cliente nossa faz uns vinte anos". Tomei quase um litro de Coca-Cola e engoli três bolas de sorvete sem conseguir encará-lo, torturado. Mas meu pai não fez mais que exibir seus dotes de farmacêutico, repetir que estudava muito e sabia mais "que qualquer clínico do Rio de Janeiro" e desenterrar histórias de uma época remota, quando eu ainda não existia, que envolviam um amigo — Pedro, ou João, ou José, um desses nomes bíblicos que sempre me confundiram —, e a cidade onde nasceu, como se não notasse os lábios brilhosos de batom e os vestígios de sombra dourada entranhados nas pálpebras do filho.

E agora, quando finalmente podíamos falar como dois adultos, em vez de esclarecer o que quer que fosse do passado obscuro que tínhamos compartilhado, ele fazia o mesmo, contava que às vezes ainda pescava no São Francisco com o Pedro, falando como se fosse um velho conhecido meu, que precisavam ir mais longe do que quando eram jovens, por causa de uma barragem. Mencionou uma cidade que tinha sido totalmente alagada, o vale verde que cerca Tacaratu e as brigas entre os posseiros e os indígenas. Ficou em silêncio por um momento, tragou seu Plaza, e então perguntou se ainda me lembrava do que ele costumava dizer vinte anos antes.

"Depende, você dizia um monte de coisas", respondi, entre irritado e triste.

Ele teve um acesso de tosse e pediu licença. Algo parecia se revolver no fundo dos seus pulmões. Podia ouvi-lo arrastar a cadeira e escarrar com violência, mas ele sempre tossia, escarrava e voltava inabalável pro exato ponto em que tinha deixado a conversa.

"Que a gente não se saiu bem, que deus, se ele existir, acertou em quase tudo, a natureza é a perfeição, mas com o homem ele quis fazer uma coisa engraçada. Aí o homem virou o que virou. A doença do mundo."

Eu saberia repetir aquilo, palavra por palavra, assim que ele começou a falar. Mas não queria lhe facilitar tanto as coisas. Não ainda.

"Ah, sim, isso."

"O homem — e veja, Manu, que nisso eu me incluo —, não a mulher."

"Tem mulher bastante ruim por aí também, pai." Pensei na minha mãe, na chefe da equipe de limpeza de um hotel em Bastille que revirava nossas bolsas enquanto esfregávamos o piso, e em certas francesas mal-encaradas que berram *Bonjour!* como se brandissem facas e cuspissem na sua cara. Talvez eu estivesse sendo literal demais. Ele, não.

"Ah, claro." Esse "claro" saiu manso, arrastado, acompanhado do que identifiquei como um sopro de fumaça. "Tem mesmo. Mas aí é homem também."

Não soube como entender nem responder a isso. Voltei a mencionar a mancha no pulmão, agora num tom policial. Meu pai suspirou e se calou. Perguntei se continuava do outro lado, ele pigarreou enquanto respondia que sim. Já estava de saída. Nenhuma palavra que pudesse clarificar o borrão que continuaria comigo depois da despedida que ele tratava de apressar. Eu o havia perdido. Tinha um compromisso, já estava atrasado. Mas agora tinha meu número. "Não sei lidar com essas máquinas", "mas não tem problema, amanhã é seu aniversário", "muitos anos de vida", "eu ligo outra hora", "agora sei o caminho". As fugas do meu pai: sempre foi impossível vencê-las.

SERTÃO VERDE

1.

É verão numa estação rodoviária que é sempre cinza, embora suas pilastras e paredes sejam beges e o piso de cimento queimado tenha uma coloração de terra preta. A maior lanchonete do lugar oferece ensopado de língua como prato do dia. Passo. O painel digital na entrada do saguão apinhado de gente marca trinta e oito graus lá fora, e o suor cozinha os corpos a uns cinquenta graus do lado de dentro — mas quem está contando?

Compro uma água mineral Diamantina e luto com um picolé de limão que se desmancha entre meus dedos enquanto observo, atrás dos óculos escuros, o homem de bermuda cargo verde-militar e camisa de botão vermelha de mangas curtas. Duas rodelas encharcadas sob os braços avançam por seu dorso, que agora parece uma peça de carne. Ele abocanha um salgado massudo de presunto e queijo que lembra o *joelho* do Rio e ativa em mim uma lufada de memórias. Imagens de vitrines de salgados e doces de Copacabana e dos galões de mate doce que comia e bebia depois da escola, antes do almoço em casa, onde as refeições em geral seriam um sacrifício. Procuro semelhanças com o joelho do próprio homem que mastiga em pé, escorado no balcão, hipnotizado pelo noticiário esportivo. Mastigar joelhos, comer línguas. A massa, que instantes atrás formava um calombo na bochecha esquerda, pouco a pouco é triturada e se desfaz. Mas não por completo. Ele abre a boca, mete um dedo bem fundo na mandíbula, remove algum pedaço que ficou preso e finaliza a operação bochechando um resto de café pingado. Nos espaços entre os botões, a barriga inchada e peluda que a camisa cobre sofrivelmente.

São quarenta minutos até o horário marcado no bilhete. Faço uma visita preventiva ao banheiro público onde alguém, algumas cabines à esquerda, cantarola um frevo vagamente familiar enquanto se alivia. *Eu bem sabia que esse amor um dia também tinha seu fim, essa vida é mesmo assim, não penses que estou triste, nem que vou chorar, eu vou cair no frevo que é de amargar.* A música segue em loop e me faz sorrir enquanto ensaboo as mãos com um sabonete fosforescente, jogo água no rosto e saio.

Meu pai continua não atendendo ao telefone e os cartazes chamativos anunciando promoções no comércio local me lembram de que não trouxe nenhum presente pra ele. Um bordeaux barato do Lidl e uma caixa de chocolate belga de quatro euros é o mínimo óbvio pra alguém que chega da França, por mais ferrado que esteja — a procedência instaura uma camada automática de refinamento e não se fala mais no assunto.

Deixei uma garrafa fechada em cima pia. A Ewa vai bebê-la com Karim — o cara que agora "vê com regularidade", ou foi o que me disse duas semanas depois de sumir, justificando o fato de que provavelmente não precisaria mais *"se hospedar"* comigo. Talvez estejam bebendo neste momento, antes ou depois de treparem entre os lençóis que levei pra lavanderia anteontem. Mesmo que Ewa tivesse reduzido nosso contato a mensagens protocolares no celular, me pareceu natural que fosse avisada da viagem e pudesse voltar a usar o lugar como Giorgos gostaria.

Essa vida é mesmo assim, não penses que estou triste, nem que vou chorar... Por vias misteriosas, uma combinação de ciúme e fixação erótica tem funcionado como contrapeso pro mal-estar que pairou entre nós e, principalmente, pra atenuar minha humilhação depois daquela noite de nevasca. Não sei se Karim existe mesmo e é um jogador de futebol, mas, se existir, como ela me escreveu, de modo despreocupado — tentando me fazer entender como *tudo* era apenas casual e *nada* tinha muita importância —, decidi que ele deve trepar bem. É uma convicção que não sou capaz de fundamentar e um fato jamais mencionado por Ewa, mas que impregna minha imaginação. As fodas magníficas com o Karim; o pau colossal do Karim que a Ewa manipula como se fosse parte de seu próprio corpo; os gemidos roucos da Ewa enquanto fode o Karim e extrai daquele espécime *superior* a energia que precisa pra mais um dia; o suor mouro do Karim nos lençóis pretos com bolinhas coloridas da Ikea que deixei não só limpos como impecavelmente dobrados no armário. Os mesmos lençóis em que Giorgos tinha encontrado uma colônia de chatos uns três anos antes, quando a Ewa era só uma fotografia engraçada na parede da *chambre de bonne* do meu amigo e eu quase não pensava no meu pai.

Numa primeira sondagem pelas lojinhas da rodoviária, não encontro nada que possa remotamente passar por francês. A descortesia de não ter trazido nada pro meu pai é difícil de justificar, mas sinto que sou capaz de dar conta de mais essa. Posso, por exemplo, dizer que a companhia aérea perdeu a mala que trazia os presentes. Sei que vou mentir sobre muitas outras coisas.

Sigo adiante. Numa das vitrines da Sheila's Moda & Presentes, coelhos de pelúcia e ovos de Páscoa envolvidos em papel celofane amarelo e vermelho. Logo acima, leques coloridos, meias-arrastão pretas e verde-limão, calcinhas fio dental de estampas e cores variadas, "dadinhos eróticos", sex toys diversos domesticados com toques juvenis — cheiro de chiclete, silicone pink e brilhoso com toques de glitter — e um dildo vermelho avantajado que mereceu um pequeno pedestal luminoso. O espaço é exíguo, mas tudo foi dividido e organizado com esmero. Entro e peço pra ver a calcinha de tule e renda preta. O apelo dos clássicos.

Uma morena que não parece ter mais que vinte anos desloca sem pressa os olhos grandes e delineados de uma revista de palavras cruzadas que preenche em pé, inclinada sobre o balcão, até mim. Os cabelos pretos esticados e presos no alto da cabeça por um rabo de cavalo lustroso que escorre até a cintura, um top laranja-flúor justo e uma calça branca de cintura baixa. Só o pé direito toca o chão. O outro, descalço, fecha um quatro na perna de apoio, que parece firme como uma coluna romana. Uma sandália dourada espera ao lado. Na ponta do balcão, um ventilador pequeno aponta pro seu rosto. Ela, que deve ser a autora do arranjo magistral na entrada, me olha molemente por alguns instantes antes de encaixar o pé na sandália e largar a caneta. Começo a chamá-la mentalmente de Sheila — pela idade, é improvável que seja a proprietária, mas também é impossível que tenha outro nome.

"P, M ou G?", quando ela fala, seu rosto é eclipsado por dentes grandes e muito brancos ornados com um aparelho metálico e borrachinhas verde-limão.

Hesito diante daquele naco de tecido que a Sheila estica com os dedos em pinça.

"Essa é P. Tu sabe assim mais ou menos o tamanho dela? Mais pra cheinha ou magrinha?", ela fala como se eu não tivesse entendido a pergunta ou soubesse que mesmo os homens mais obcecados pelo corpo feminino não são capazes de adivinhar suas medidas.

"É mais ou menos como você", tenho a presença de espírito de responder, porque, olhando bem, nossas proporções são mesmo parecidas.

Ela deposita sobre as palavras cruzadas uma caixa repleta de calcinhas igualmente minúsculas que tira de baixo do balcão. A *eletricidade* chega como uma bofetada no meu rosto.

"Então o M vai servir. É dez reais, duas por quinze, três por vinte. Aproveite que tá valendo a pena."

A conversão pra reais é revigorante, mas escolho apenas três — preta, branca e vermelha —, tentando ser rápido pra que ela não tenha tempo de pensar em mais alternativas. Não rápido o bastante. Sheila quer saber se eu não gostaria de levar também os sutiãs, "pra fazer conjunto". Agradeço e recuso a oferta, ainda que sinta os beliscões do anzol na minha boca.

"Posso embrulhar pra presente?"

Quero que a transação acabe — o pacote especial vai me fazer ficar mais tempo ali dentro —, mas respondo que sim, claro, como se lhe devesse aquele fechamento. Pra que continue acreditando na minha história.

"Tudo junto?", ela sorri com uma malícia que demoro a

decifrar. "A gente nunca sabe. Teve um que levou um conjunto pra cada rapariga dele. Três pacotes."
Dois pares de cílios longuíssimos abanam pra mim.
"Ah, não, tudo junto, por favor", digo com um ar forçado de pessoa decente, incapaz de fazer algo parecido.
"Tá certo."
Diferentes expressões passam pelo rosto de Sheila, como se continuasse um diálogo que agora decide guardar só pra si, enquanto embala tudo sem pressa. Aproveito pra inspecionar uma arara que oferece por cinco pratas o que deve ser o encalhe do carnaval. A maior parte consiste em duas peças — uma saia rodada bem curta com elástico na cintura e um top de tecido áspero e vagabundo. Os conjuntos variam ligeiramente de acordo com a personagem: enfermeira, diaba, colegial e onça. Logo atrás, um lenço vermelho e um tapa-olho de pirata de cetim barato, e um vestidinho de criança murcho e mal costurado que me faz pensar numa princesa da Disney que caiu em desgraça. Um vestido zebrado desponta mais ao fundo, ostensivo e inacessível como uma joia da coroa.
"Pronto", Sheila avisa, enquanto coloca a embalagem plástica dentro de uma sacola também plástica.
Tiro da carteira uma das notas de cinquenta que troquei no aeroporto, pego o troco, enfio a sacola num compartimento da mochila e me despeço enquanto a tela do celular me informa que não se passaram nem dez minutos desde que entrei ali.
Suo como se ardesse em febre, e a camiseta se cola ao peito. Na porta seguinte, artesanato barato se mistura a eletrônicos, bonés e chapéus do tipo panamá, que desisto de comprar quando leio na etiqueta que a palha é sintética e tudo foi feito na China, como se o lugar onde estou me de-

vesse a aura de manufaturas locais legítimas. Devolvo o chapéu ao gancho. O espelhinho pendurado no cabideiro avisa que minha barba rala cresceu mais rápido que o habitual. A pequena falha circular no queixo continua ali, mas não fez novos avanços, e as manchas avermelhadas nas bochechas são sutis, talvez passem por um sinal de saúde e calor.

Ouço pedaços de conversas na rampa de acesso à área de embarque. Nunca estive nesse lugar, mas o que dizem parece familiar, uma recordação remota que é acionada de repente e de certa forma não destoa do que ouviria nos ambientes que costumo frequentar. A variação de temas é mínima: esteja onde estiver, a *criadagem* se parece e se reconhece. Aqui também não ouço reis, imperadores, proprietários de nada além de proles, televisores, dívidas, problemas e documentos, quando muito. Nenhum magnata do petróleo, nem mesmo um chefe, um que seja realmente o primeiro na cadeia alimentar — somos todos mandados e explorados por alguém e é justo reclamarmos porque sempre é injusto o que pagam por nosso tempo, por nossa vitalidade, por nossa obediência.

Na França, sou capaz de adivinhar quando reclamam e do que reclamam mesmo quando não entendo o que dizem. Também sei que os desabafos mais sinceros acontecem entre conterrâneos. Sírios se queixam entre sírios, senegaleses entre senegaleses, argelinos e tunisianos entre os seus, estonianos entre estonianos, e iranianos, e nigerianos, e ucranianos, e eslovacos, e malineses e chineses e assim por diante, todos exilados em pactos murmurantes de proteção mútua. Suas línguas e dialetos são tanto prisões quanto refúgios — a origem que carregam feito um membro inimputável, ainda que lhe arranquem todo o resto. E arrancam.

Eu, em contrapartida, evitei com sucesso o avanço dos brasileiros que cruzaram meu caminho e se aproximaram como se estivéssemos imantados pela pátria amada. Quando entendiam que eu não estava interessado, que era um dissidente convicto, acabavam por se afastar *espontaneamente*, ressentidos. Desde a partida de Giorgos, eu talvez fosse o único imigrante na França que não se sentia sedento por falar com alguém na própria língua. Não fingia que escutava nem que era realmente ouvido por ninguém. Não dizia nem uma palavra além do necessário.

Mas na rodoviária cinzenta do Recife a melodia é outra. O modo como dizem, não importa o quê, os distinguem daqueles que deixei pra trás, ao mesmo tempo que me aproxima do meu pai. De repente, o ciclo do desgosto dá espaço a uma atmosfera em parte ainda ilegível, em parte bastante familiar — a síntese do que ele sempre foi pra mim. Como se depois de uma jornada longa e exaustiva, só aqui a promessa de algum descanso pudesse se cumprir. Mais que um ponto de partida ou chegada, a rodoviária contém verão, forró, Carnaval, dia de São João, infância, beleza, sexo e a melodia que meu pai não perdeu em vinte e poucos anos no Rio de Janeiro. É meio constrangedor pensar que o desbotado que todo inverno impõe à minha pele esteja sendo lido como a cor de um gringo qualquer. Entretanto ninguém me nota. Nem igual nem desigual.

É bom voltar a ouvir. Me aproximo de duas mulheres paradas diante do box 22, onde meu ônibus deve chegar. Mesmo falando sem parar e ao mesmo tempo, elas não parecem se interromper e a conversa flui sem obstáculos. Idades difíceis de adivinhar, peles vincadas não sei se pelo tempo ou pelo uso extremo do corpo. Me esforço pra memorizar alguns cacos: *calor da porra, oxe, gaiato, rapariga, peba, rala-bucho, eita gota serena*. Anoto os três últimos no verso do cartão de embarque que encontrei no bolso, pra consultar meu pai mais tarde. Ele costumava guardar o vocabulário de origem como um tesouro que só aflorava de verdade quando encontrava outro pernambucano exilado. Esses eram os únicos momentos em que eu o achava solto e engraçado. O suor escorre da cabeça e minhas meias estão encharcadas dentro das botas. Faltam pelo menos vinte minutos pro horário escrito no bilhete. Tomo o último gole de água e me afasto pra comprar outra, mas o que quero mesmo é voltar pros braços de Sheila.

A segunda vitrine está tomada por camisetas estampadas. Maria, José e o menino Jesus na manjedoura, a bandeira de Pernambuco, Iemanjá sobre as águas. "Beba até me querer", "Tá com inveja? Morra", "Boa viagem", "100% evangélico", "69, uma boa ideia". Camisolas tigradas e vestidos indianos desengonçados vestem os manequins no segundo plano. Só de olhar dá pra saber que o algodão não é algodão, a seda não é seda, e tudo o que remete à Índia também veio da China ou do Vietnã. As manequins são variações cavalonas de estátuas gregas. Amputadas também, mas, no que lhes resta, gostosonas e siliconadas. As Vênus do Recife. Tenho vontade de rir — aqui tudo parece rir de tudo. De costas pra mim, Sheila fala ao telefone sobre um brega que começa às nove e um Reginaldo que "vai estar lá com certeza e sem a mulher". Os dorsos peitudos debocham do meu corpo despeitado enquanto ela gargalha, se vira e me localiza. Parece surpresa e mais animada do que minutos atrás. Pergunto sobre os sutiãs.

"Oxe, mudou de ideia, foi?", ela canta.

Respondo que o ônibus está demorando e que um conjunto talvez fosse mesmo uma boa. O rosto de Sheila se ilumina. Mentiras fazem isso muitas vezes.

"Hoje vai ter é festa!"

Bebo meia garrafa de água enquanto tento sorrir de volta com os olhos.

"Mas leva logo três. Faço por trinta."

O médio deve servir. Levo. Pra presente, claro.

"Ela vai gostar, tem erro não e, precisando, a gente troca. O moço volta, certo?"

Respondo que sim, volto logo, uma semana talvez. Digo *logo* com convicção.

"Pronto, é só me procurar. Tás indo pra onde?"

A palavra Tacaratu sai hesitante, como se eu duvidasse do meu destino.

"Conheço bem, tenho família em Petrolina... Terra muito boa."

Conto que é minha primeira vez lá, que vou visitar meu pai, que não o vejo há muitos anos, que ele está doente. De repente me sinto disposto a dizer tudo. Sheila poderia conseguir uma confissão completa se quisesse. Mas a recuperação do meu pai lhe parece mais urgente que meus segredos sujos e ela me aconselha a pedir uma graça à Nossa Senhora da Saúde, a padroeira da cidade.

"Só digo uma coisa: não sou beata, mas essa santa nunca me deixou na mão."

Prometo que vou falar dela pra santa e digo que talvez isso renda alguma comissão. Ela abre um sorriso largo e metalizado e acena enquanto me afasto.

A barriga ronca mansamente, mas nada ao redor me abre o apetite. Caminho de volta à plataforma enquanto telefono quatro vezes seguidas pro meu pai. Depois de mais de vinte tentativas, desde que pisei no aeroporto, o gesto já parece automático. Me forço pra me concentrar em explicações otimistas. Talvez o número tenha mudado ou seja um problema na rede local. O aparelho da casa dele pode estar quebrado, ou ele simplesmente saiu. Mas claro que também pode ter se mudado e essa viagem seja só mais um salto no abismo.

Quanto mais é possível cair?

Dou meia-volta. Sigo até o fundo da loja. Me sinto perto de alguma resolução. O celular colado ao meu ouvido chama meu pai mais uma vez e corta o canal de comunicação com Sheila, que parece intrigada. A transação agora é rápida. Saio da loja com mais uma sacola, a rara sensação de dever cumprido e o otimismo recalibrado. Claro que a linha está com defeito.

O ônibus azul da Viação Progresso estaciona com mais de meia hora de atraso. Gasto esse tempo incrementando o argumento: a companhia aérea localizou a mala perdida em São Paulo e disse que vai enviá-la pra Tacaratu, mas quem confia nessa gente? Meu presente será uma história bem-contada. Enquanto isso, os outros passageiros comentam entre si que é assim sempre — "na última vez foi quase uma hora" —, suam, se abanam e logo ficam em silêncio. Olho um a um meus companheiros de viagem e penso em derrota e desidratação.

O motorista abre a porta, desce e responde aos primeiros cumprimentos com um resmungo inaudível. A maioria não tem bagagem e se autopastoreia pra uma nova fila ao lado da entrada do ônibus, com os bilhetes na mão. O motorista os ignora e se dirige ao grupo diante do compartimento de carga. Joga meia dúzia de malas, bolsas e pacotes vão adentro, depois de colar uma etiqueta nos volumes e entregar o canhoto ao respectivo dono, estendendo o braço pra frente como um pedaço de pau, sem dirigir o olhar a ninguém. Entre uma bagagem e outra, um trapo meio encardido vai e vem pela sua cabeça, pescoço e nuca enquanto os lábios se movem e murmuram alguma queixa. Conheço bem sua velocidade. Se faz o trabalho de dois, o fará sem pressa. O crachá está dentro do bolso da camisa. Depois de encerrar essa etapa, ele se posta diante da porta. Até isso parece lhe custar muito. Alguns, que devem ser passageiros frequentes, o cumprimentam efusivamente quando ele arranca os bilhetes dos seus dedos. Duas vezes quase chega a sorrir.

 Todos embarcam antes de mim. Minha poltrona é a primeira e ninguém senta ao meu lado. A porta entre o motorista e a carga que ele transportará a contragosto se fecha com um estrondo. Em minutos a temperatura se torna polar. As conversas iniciais não vão pra frente. Somos induzidos a hibernar por hipotermia.

 A cidade da qual começamos a nos afastar também será lembrada como uma mancha cinzenta. Uma exuberância cinza, de um matiz mais vivo que aquele de Paris. Mas na Antártida imposta pelo nosso motorista, peles queimadas, estampas e cores vivas reinam e quase aquecem. Atrás de mim, ritmos nada relaxantes vazam de um par de fones de ouvido enquanto me espalho nos dois bancos à minha disposição.

Vou até o banheiro pouco depois que alcançamos a rodovia. Partículas dos que passaram por ali em outras viagens foram encharcadas de detergente vagabundo, mas anos de faxina refinam o olfato. Tiro a camiseta suada, dobro cuidadosamente e a encaixo na mochila numa das sacolas plásticas que Sheila me deu. Pesco bem no fundo uma camisa branca que acrescenta um toque de amaciante ao buquê do ambiente. O ônibus me sacode de um lado pro outro, é difícil manter o equilíbrio sem um ponto de apoio. Olho meu peito no espelho e sei qual deve ser o próximo passo. Desfaço os laços feitos com zelo por Sheila, pego o sutiã branco, arranco a etiqueta de papel e volto a guardar os outros dois. Serviu mesmo. Sheila é uma dessas que sabe das coisas. Enfeitado e volumoso, o peito quase explode ao mesmo tempo que a pele relaxa sob a pressão dos aros e a aspereza da renda. Fico assim, ganhando tempo, olhando pela janela estreita — a paisagem, os carros e os caminhões que ultrapassamos de maneira perigosa — até que alguém mexe na maçaneta. Abotoo a camisa com pressa e me preparo pra sair. Também sei bem o que me espera agora: a excitação tão poderosa quanto a angústia. Em pé, diante da porta, um menino agarrado ao encosto de uma poltrona vazia me olha encabulado e então corre até seu lugar na frente do ônibus.

Percorro o caminho de volta ao meu pequeno latifúndio abraçado à mochila. O menino, sentado na fila à esquerda logo atrás de mim, agora se esforça pra me ignorar. Faço o mesmo e vejo tudo o que há pra ser visto enquanto a maioria dorme. De acordo com as placas da estrada e a paisagem que se abre de repente, avançamos pela zona da mata. Ainda é o começo, mas dentro e fora tudo parece um pouco alterado. Vou em direção ao meu pai. Já estive nesse lugar muitas vezes.

2.

"Caa-rua-ruu! Parada só pra pegar passageiro!"
A esperança de uma mijada restaurativa com os pés firmes no chão é logo vetada pelo motorista, que acentua a ameaça mantendo o motor ligado e metendo o pé no acelerador.

Ambulantes cercam e invadem o ônibus como uma facção de piratas. "Leva um milho que é pra ir mastigando"; "É bom, mas só provando pra tu saber o gosto"; "Ei, psiu! Água a um e cinquenta, duas dá pra fazer por três". Menos de dez minutos depois, a rodoviária de Caruaru fica pra trás e suas vozes ainda pairam junto com o barulho crocante das embalagens que a maioria manipula em seus assentos.

Em algum ponto do caminho até aqui, a descarga do banheiro deixou de funcionar. Apenas um filete de água morna e um pouco turva sai da canícula da pia. O fedor humano — uma instituição parisiense e parte do meu *métier* — não me abala propriamente, mas respirar lá dentro é uma queda livre por um esgoto infernal. Uma vez que todas as janelas parecem lacradas, foi firmado um acordo tácito entre os passageiros: aquela portinha permanecerá fechada a maior parte do tempo. Poucos se aventuram e resistem mais de um minuto.

Do lado de fora, o céu é o único ponto fixo. O azul reforçado pelo contraste com a terra seca e os arbustos escuros que cobrem os morros, como se varridos por um incêndio. Bem perto do acostamento, há poças lamacentas, bichos raros e magros atrás de cercas e os primeiros bois mortos. É estranho que tudo isso me pareça *familiar*. Imagens que cresci vendo em jornais, revistas, televisão fizeram meus olhos acreditarem que eu já havia estado ali antes, como nas pirâmides do Egito e na Muralha da China. Inesperadas, só as nuvens, que são mais brancas, espessas e magníficas do que jamais serão em Paris ou no Rio — e nem uma gota cairá dali —, e os quilômetros de sacolas plásticas vazias presas às margens como espumas de ondas secas.

Outdoors e letreiros são mãos estendidas nas bordas trincadas da estrada. Mecânica Final Feliz, Dormitório Alto Astral, Privê Vale das Russas, Temos prensas excêntricas, Agreste Water Park. O motoqueiro levando dois botijões de gás e uma garota de coxas grossas traz mais conforto e esperança do que a santa no pórtico de entrada da cidadezinha que não se vê da rodovia pela qual passamos.

A poucos metros da Churrascaria Vitória, urubus terminam de limpar uma carcaça. Ouço um risinho. Parado ao meu lado no corredor, o menino me mostra dois bonecos de plástico hipertrofiados. Só agora o observo com atenção. Tem uns oito anos, o cabelo em formato de cuia e a língua metida no vão dos dentes que deve ter perdido há bem pouco tempo. Penso na primeira vez que vi Giorgos desdentado na cama do hospital e na noite de inverno em que foi me encontrar numa lanchonete árabe em Bastille com Julien debaixo do braço. Julien ainda um completo estranho, saldo do bar anterior. Achei que era jovem demais, franzino demais. Que sorria demais. Giorgos acalmou minha fobia social com cerveja e nos arrastou a uma das suas derivas. Ele sempre conhecia outro bar que fechava mais tarde e isso só acabaria quando não pudesse mais andar ou tivesse uma crise incapacitante de soluços. Naquela madrugada, notei que Julien sorria muito porque era tímido.

O menino continua imóvel. Ri e balança os bonecos até voltarem ao meu campo de visão. Da fileira ao lado, a mãe me encara sem conseguir decidir se o filho está me distraindo ou incomodando. Sorrio pra tranquilizá-la e ela se permite fechar um pouco os olhos. Agora ele examina o volume no meu peito, depois a falha na minha barba, depois as clareiras no meu couro cabeludo. Ele não perde tempo tentando disfarçar. Seus olhos expressam o quanto está intrigado. Digo que os fios caíram de maduros, como seus dentes. O menino gargalha. Uma vez estabelecido o contato, entramos num acordo sobre o qual, a princípio, só ele está informado. Deixa os dois bonecos sobre minha mochila, remexe as duas sacolas aos pés da mãe e retorna com um terceiro.

"Tu é qual?"

Avalio cada um com cuidado. São iguais, a não ser pela cor dos cabelos e dos trajes. Meio motoqueiros, meio super-heróis espaciais, meio michês anabolizados. Escolho o azul. O menino aprova, então o posiciona no banco ao meu lado e volta pra junto da mãe, se esquecendo de mim. Conversa com seus bonecos até adormecer. Já dorme pesado quando passamos pela próxima cidade-fantasma que talvez volte a ser habitada nos seus sonhos. Mas eu não prego o olho. A ansiedade me mantém hipervigilante. Ligo mais uma vez pra casa do meu pai, enquanto me detenho nas ruínas de uma casinha costeada por uma vala seca, onde posso ler "Beira Rio Bar" num letreiro já quase sem cor.

3.

A chuva de granizo trepidando na lataria me acordou pouco antes do que poderia ser o grito perturbador de um pássaro: "Ca-rá-í-beeiii-raas". Já tinha anoitecido. Da janela embaçada, a noite, o mundo, o sertão, tudo agora se resumia a uma ruazinha dentro de outra e de outra. Uma travessia por matrioscas. O boneco azul já não estava ao meu lado. Do menino e de sua mãe ficaram apenas farelos, papéis de bala, uma caixinha vazia de suco e o cheiro persistente do salgadinho de milho e queijo que lembra vômito de bebê.
"Ta-ca-raa-tuuu!", o motorista berra de repente, enquanto estaciona. Não é uma estação rodoviária. É uma ilhazinha de concreto no meio de uma encruzilhada, com um banco de madeira amarelo e um canteiro de flores, pequena demais até pra ser chamada de praça.
Me levanto. Além de mim, há só outros dois passageiros sonolentos mais ao fundo e nenhum deles faz menção de descer. Talvez seja mesmo um erro, algo que ninguém mais faria. O motorista percebe minha movimentação e sai

pra abrir o bagageiro. Parece energizado pela proximidade do fim da linha. Um sorriso agora nítido, meio vil e de certa forma atraente — único trunfo nas feições rechonchudas, em que a feiura prevalece — me recebe no asfalto. É a trégua final ou a última provocação?

Duas horas mais cedo, depois de não sei quantas "Parada só pra pegar passageiro", eu havia invadido a cabine com disposição pra brigar pela dignidade de um banheiro limpo. Mantive a porta aberta na expectativa de que mais alguém se juntasse ao movimento. Os demais só nos espiavam dos seus assentos, constrangidos demais pra emitir algum som. A maior parte da vida eu tinha sido como eles, não fazia sentido julgá-los. O motorista repetia "não tem mais parada", cada vez mais exaltado, e apontava pra uma plaquinha de acrílico onde estava escrito que não era permitido falar com ele. Alguns minutos de tensa negociação se passaram até que três caras gritaram do fundo do ônibus. "Para, seu motorista!", "Pelo amor de sua mãe, para!", "Pare, *mizera*". Como uma expressão homicida, ele *ordenou* que eu fechasse a porta e comunicou que pararíamos num vilarejo fora da rota poucos quilômetros adiante.

O banheiro do Bar das Primas era limpo ao extremo. Nenhuma desordem além do rosto que encontrei no espelho depois que todos os demais entraram e saíram — a mandíbula estalando cada vez que eu abria a boca pra responder que "Imagina, não precisa me agradecer" aos passageiros que também iam se aliviar ali. Falhas visíveis na cabeça, um ar doentio de noites maldormidas, a testa brilhosa e vincada de incertezas. Eu tinha me tornado uma espécie de persona-

gem heroico da viagem, mas o espelho mostrava que quem estava ali era a minha pior versão.
   Tranquei bem a porta do banheiro e abri a mochila. Considerando que o motorista havia pedido um PF no bar, fiz tudo sem pressa. O que levava na mochila cobria o básico. O vestido cheirando a novo deslizou pelos meus ombros e a estampa de zebra caiu tão bem que pediu batom, rímel e um par de brincos. As falhas visíveis no couro cabeludo foram camufladas com grampos e a barba rala foi ceifada rente à pele com o barbeador elétrico que também comprei na rodoviária. Nenhuma alternativa fazia tanto sentido numa viagem tão longa e cara pra chegar à casa do meu pai.

   O que instantes antes era só um chuvisco torna a engrossar. O motorista se desculpa pela *confusão* ao me entregar a mala. Sua voz não tem mais nenhum traço perceptível de violência, parece só exausta e desconcertada. "Tinha que compensar o atraso da saída", diz, desviando rápido o olhar pras próprias mãos, depois pra uma poça, depois pro céu. Viajou ontem, viaja amanhã, a conta das idas e vindas nem sempre fecha. Ainda não gosto dele, mas a precariedade nos aproxima e nos despedimos na paz possível.
   Corro até o coreto de uma pracinha ladeada por árvores pra pensar no passo seguinte. As copas cheias e podadas com precisão formam uma fileira de cubos suspensos, descolados do resto. Divido o abrigo com uma matilha de vira-latas, todos secos e esparramados pelo chão. Só algumas orelhas se mexem com a minha chegada. Pelo menos dois deles têm clareiras ao longo do dorso, deixando visível a pele escura e enrugada, como o tronco de uma árvore antiga. A igreja é imponente e iluminada, recém-pintada em tons de amarelo

e ocre. A escala oprime os sobrados à volta. No alto da torre, o relógio marca nove e quinze. Vinte anos atrás eu estaria pensando numa desculpa pra sair da mesa, em Copacabana. O anseio por ter minha liberdade de volta e ir pro meu quarto é tão esmagador quanto o remorso por deixar meu pai ali sozinho.

Olho ao redor com cuidado, procurando me concentrar nos detalhes. Vejo o que ele vê. O asfalto novo, as casinhas antigas, a silhueta dos morros, a igreja, o coreto e as árvores. Cinco homens pequenos e magros assistem com interesse à chuva cair do vão da porta de um boteco, outros dois fazem o mesmo em outra porta. *Os olhos que viram o imperador.* Foi aqui que meu pai nasceu, de onde fugiu e onde veio se refugiar, como se pudesse dar marcha a ré na existência e regressar ao corpo hospedeiro. Apesar do seu empenho narrativo, que costumava aflorar depois de alguns copos, nunca tinha me dado ao trabalho de imaginar esse lugar. Pra mim, a vida dele começava, se não comigo, com a nossa família e, consequentemente, acabava quando ele nos deixou. O que vinha antes e viria depois era um deserto de imagens.

Arrisco mais um telefonema. Algo dentro de mim avisa que ele não vai atender.

Um dos cachorros se espreguiça sem pressa, lambe o próprio pau, coça um lado da boca, gemendo baixo. Em seguida se levanta meio trôpego, se aproxima pra cheirar as minhas botas e a barra do meu vestido. Devo parecer confiável, se senta ao meu lado e fica ali observando a rua por onde passa um único carro. O dorso é preto, as patas e a cabeça, cor de caramelo e, apesar do porte, conserva o jeito abobalhado de filhote. Faço carinho entre suas orelhas e sinto pequenas pelotas de barro seco se esfarelarem sob as pontas dos dedos. Isso me acalma. Ele continua impassível como se não tivesse encontrado nenhuma ameaça em mim, tampouco distinção entre nós. Boceja e volta a se aninhar com o resto do grupo — mais precisamente junto a um dos carecas.

A chuva é intermitente. Tenho a sensação de estar presenciando um milagre. Na primeira brecha, atravesso a rua e passo devagar pelos bares abertos. Vejo pelo menos um grupo de homens em cada um deles, mas nenhum se parece com meu pai. Sigo em direção ao Barzinho do Dadá, numa transversal ao lado da delegacia.

Um velho dorme sentado numa cadeira de praia no limiar da entrada, bloqueando a passagem. À medida que me aproximo, distingo uma mulher pequena que me observa da penumbra atrás dele e começa a chamá-lo pra que me dê passagem. Assim entendo que ele é o próprio Dadá do letreiro. Ele acorda e me olha de cima a baixo, um pouco perplexo. Como não se mexe, ela repete seu nome mais uma vez, agora incisiva. Ele arrasta a cadeira, o suficiente pra que eu entre, e torna a bloquear o caminho.

O lugar é minúsculo. Só um corredor curto e estreito onde mal cabem eu, minha mala, um cachorro preto e magricelo vestido com um colete de crochê vermelho, uma cadeira de plástico e o balcão. Descarrego a mochila sobre a cadeira — nem cogito me sentar depois de dez horas de viagem. Apesar da chuva, o ambiente está abafado. O rosto da pessoa atrás do balcão parece mudar um pouco a cada vez que olho: ora aparenta cem anos, ora não mais que sessenta. Ela me cumprimenta e desaparece atrás de uma cortina de pano pra pegar a lata de cerveja que acabo de pedir. Volta falando da chuva que chegou com dois dias de atraso, o rosto se contrai de dor e ela aponta pros joelhos. Dadá não se move.

"Deixa a moça chegar na porta, Dadá."

Moça. A palavra queima nos meus ouvidos. O calor se expande e se torna visível em meu rosto. É uma sensação nova, aguda, que demora a se assentar. Trocamos um olhar. É o bastante.

Dadá afasta a cadeira mais uma vez pra que eu me escore no batente, de lado pra rua. Aproveita pra cutucar o cachorro com a ponta da sandália. O animal dá um salto e volta a se encolher junto ao balcão.

"Para de aperrear o bicho, Dadá", a mulher fala no tom simultaneamente suplicante e mandão das velhas nordestinas que eu via chegar à farmácia do meu pai com seus maridos estropiados, pedindo que ele os consertasse e tirasse de dentro de casa. Sinto uma antipatia aguda por ele.

A chuva aperta mais uma vez e volto ao balcão. O silêncio não dura.

"Chegando do Recife?", a mulher pergunta, passando um pano no balcão já limpo.

"Tô. De certa forma."

"Veio pros índios?"

A pergunta soa incompreensível, mas logo entendo que ela já me descartou como local e tenta entender quem eu sou com base nas pessoas que aparecem por aqui.

"Vim pra encontrar uma pessoa…" Por um instante fico sem saber como continuar. "O problema é que perdi o endereço e não consegui falar com ela pelo telefone. Bom, mais ou menos isso."

Ela se debruça sobre o balcão, agora um pouco enérgica.

"Olha, se mora em Tacaratu, eu conheço. Sessenta e dois

anos não são sessenta e dois dias, filha. Me diga o nome que lhe digo a morada."

Filha. Meu coração se acelera. Talvez fosse melhor me sentar um pouco, mas as pernas não estão dispostas a obedecer. Fico onde estou. Antes que eu consiga dizer o nome, um sujeito baixinho, trôpego e encharcado surge no vão da porta, para no meio da rua e olha pra dentro do bar.

"O malfeito da polícia e da *Justiça* ninguém conta!", ele grita, apontando a porta do lado com a cabeça.

A mulher dá a volta no balcão, manca em direção à porta e grita de volta, espanando o ar com as mãos.

"Vá pra casa, Mundinho, que a gente já tá fechando."

"O banditismo quem sempre fez foi a *Justiça*", ele diz agora num tom mais baixo e agudo. Continua onde está, as mãos apoiadas na cintura.

"Não fica se extraviando nessa chuva que acaba doente, rapaz!", ela insiste, como se argumentasse com uma criança.

O homem balbucia mais alguns sons com a boca frouxa. É o incentivo que faltava: Dadá se levanta num salto. Até então não parecia capaz de movimentos tão ágeis. Dobra a cadeira e segue rosnando pros fundos do bar, claramente contrariado com a minha presença e a atenção que a mulher dedica ao outro. Ali fora, o homenzinho olha pro alto, o chapéu agora contra o peito, e dá alguns passos em direção ao sobrado do outro lado da rua. A sandália de couro quase lhe escapa do pé direito. Água jorra em abundância de uma calha. Ele observa o jato por alguns instantes, agora de costas pra nós, e se posiciona debaixo dele.

A mulher avança até onde a chuva permite.

"Passa pra casa, Mundinho, pelo amor de deus!" E, como ele não se mexe, engrossa o tom: "Seu eu chamar a dona Maria, ela não vai gostar, visse!".

O cachorro olha pra ela, solta dois latidos estridentes e choraminga. O homem na chuva cambaleia, hesita, pragueja um pouco, a sandália fica presa num vão entre os paralelepípedos. Custa até que consiga encaixá-la de novo, mas, por fim, segue caminho.

A mulher retoma o posto ao mesmo tempo em que Dadá ressurge com uma vassoura, espanta mais uma vez o cachorro e varre o chão como se quisesse matar algum animal peçonhento. Dura pouco, não há muito o que fazer, e ele se retira resmungando que eu, por favor, lhe desculpe porque *está tarde* e vai se recolher.

Ela balança a cabeça acompanhando os movimentos do velho e adoça a voz ao chamar Florzinha — é uma cadela, afinal. Florzinha abana o rabo freneticamente, sapateia e se contorce à medida que a mulher se abaixa pra pegá-la e aninhá-la entre seus grandes seios. Assim que Dadá desaparece, ela volta à porta com a cadelinha no colo pra checar o deslocamento do bêbado. Ele está parado na outra esquina. "Anda logo, Mundo!", ela grita, suspira, me olha à espera de alguma cumplicidade, e se desculpa. Pelo menos duas vezes mais.

O homem encaixa dois dedos nos cantos da boca e assovia alto. Em poucos instantes a matilha do coreto surge na esquina e começa a segui-lo. A mulher volta pra dentro do bar suspirando. Pergunto seu nome, ela franze o rosto e apoia a base da coluna com as duas mãos. Duas dobras profundas surgem entre as sobrancelhas, as bochechas flácidas pendem ao lado do queixo. Os lábios, até agora encurvados pra baixo, se alongam num sorriso rasgado, como se ela ficasse alegre por dizer o próprio nome pela primeira vez a alguém. Adília.

"Seu nome ficaria bonito no letreiro", digo.

Ela encolhe os ombros. Parece pensativa e esquecida do que falávamos minutos antes. Termino a cerveja e pergunto se ela sabe onde fica a casa do Augusto, o antigo dono da farmácia do Centro. Digo que é um amigo da minha família no Rio de Janeiro. Ela estala a língua, animada, e me chama até a porta. Descubro então que aqui ele é conhecido como Doutor.

"Você arrodeie aquele canteiro ali e depois vá em frente. É três ruas pra cima, uma casa branca de esquina." Ela olha pro céu e continua: "Tá estiando, se for agora, nem se molha. Bata lá, essa hora sempre tem gente, mas a Maria dorme cedo."

Agradeço, pago a cerveja e, enquanto ela se estica pra me entregar o troco, fala baixo, em tom de desabafo:

"Mundinho é um dos que moram na pensão do Doutor. Muito chegado dele. Você não leve a mal, o rapaz bebe, mas é bom."

4.

A calçada estreita está tomada por duas pilhas altas de tijolos e o único acesso livre é o que leva ao portão baixo de uma casa maior que todas em volta. A luz da entrada permite ver com clareza as janelas basculantes fechadas, a fachada coberta de azulejos, duas cadeiras brancas, uma árvore alta e um mamoeiro cheio de frutos. Nenhuma placa indicando que ali funciona uma pensão. Entro pelo portãozinho, ajeito o vestido, toco a campainha e recuo alguns passos. Minutos depois, uma mulher abre a porta e coloca a cabeça pra fora. Dá pra ver que acaba de acordar. Os cabelos estão eriçados num lado e achatados no outro, os pés estão descalços e ela veste uma camisola bege e larga cinturada por um cordão — quase um saco. Não deve ter mais que quarenta e poucos anos, mas, com exceção dos fios escuros que despontam das bordas do queixo, dos tocos acima da boca e da penugem espessa que forma duas costeletas, é quase grisalha. Seu corpo exala um cheiro forte de ervas e suor. Deve ser a Maria que a dona do bar mencionou.

"Boa noite, desculpa a hora. Eu tô procurando o Augusto."

"Aqui é a casa dele", ela responde dando um passo pra fora.

"Posso falar com ele?"

"Poder pode, mas o Doutor tá fora."

Ela faz um sinal pra eu chegar mais perto. Explica que faz três dias que saiu de casa. Não falou pra onde ia nem quando volta. Devo ter feito uma careta apreensiva. Na verdade, me sinto muito perto de cair no choro.

"Não tem problema, não, é uma coisa que ele faz." Ela coça o couro cabeludo perto da nuca enquanto avalia meu vestido. Sua expressão não indica que o esteja *reprovando*, é mais como se tentasse decidir se gosta ou não do modelo ou da estampa. Depois volta a olhar pro meu rosto e continua: "A gente sabe que foi pro Recife só porque a menina da lojinha que vende as passagens ouviu o anúncio na igreja hoje e veio avisar. Mas ele já deve estar voltando. O Doutor é meio assim. Como diz o ditado: enquanto há vento, molha-se a vela".

Nada do que está dizendo faz sentido pra mim. Fico algum tempo sem conseguir pensar no próximo movimento. Quando decidi viajar de surpresa, não previ a possibilidade de um desencontro e agora isso soa bastante estúpido. Se a história do raio X for séria, meu pai pode estar fazendo exames ou se tratando na capital. Mas pelo menos não morreu, e estar na casa dele, de qualquer forma, me conforta. Procuro me concentrar nisso. Pergunto se o telefone está com defeito.

"Não. Antes tivesse. Mas tá lá trancado no quarto do Doutor."

Ela conta que ele leva a chave quando sai de casa por-

que "não gosta de ninguém relando nos pertences dele". Só agora nota a mala que ficou perto do portão.
"Tu veio pra passar a noite?" Ela não espera minha resposta. "Passa logo pra dentro, *menina*, não fica aí na umidade!"
A pressão torna a aumentar e a bombear meu sangue pra superfície. Além do rubor, que agora desce pelo pescoço, minhas mãos suam. O corpo quer rachar pra que aquelas palavras novas entrem, ocupem espaço, se acomodem.
Peço pra usar o banheiro. Meu rosto é o mesmo e todos os sinais do cansaço continuam ali. O que quer que tenha mudado, seja lá o que Adília e Maria viram, não está nesse rosto. Ajeito o cabelo, jogo água fria na nuca e volto pra salinha, onde Maria me espera com aparência sonâmbula. Não digo que Augusto é meu pai e conto a mesma história sobre o "amigo da família". Pareço ter um plano num nível inconsciente e espero descobrir qual é o mais rápido possível. Digo que ela pode me chamar de Manu. Maria fica pensativa, como se tentasse localizar esse nome num imenso arquivo interno.
"Tá certo, dona Manu. Então venha conhecer a casa."
É uma "pensão familiar", e ela toma conta na ausência do *Doutor*. Paga aluguel fazendo comida e com a roça que cultiva nos fundos. Faz questão que eu saiba que sua posição não é de doméstica — quem cuida da faxina é outro morador e o próprio dono, quando tem fôlego. Segue respondendo ao que não lhe pergunto à medida que me conduz pelos cômodos, todos simples. Aponta cada pequeno elemento como se me guiasse pelo Louvre. A saleta da televisão, a porta da suíte do *Doutor*, seu próprio quarto, a cozinha, os outros dois banheiros. São cinco quartos e só dois inquilinos no momento — chego em boa hora. A casa é grande, tem

espaço de sobra, não lhe agrada quarto vazio, nem muito menos ficar sozinha ali. "Tem história demais."
"Que tipo de história?"
Ela me encara por um instante, volta a coçar o couro cabeludo, boceja e segue andando na minha frente.
"Faz medo não, é só chato. O Galego, outro morador que a gente tinha, família quase, meteu pé mês passado junto com uns romeiros, e a Inacinha é uma que vem e vai daqui pra Caruaru. Tá sempre com o cu piscando... com todo o respeito. Essa época é fraca, melhora em junho, com São João..."
Claramente satisfeita com a própria apresentação, Maria passa a um breve circuito de perguntas protocolares que respondo com poucas palavras. "Tu veio por causa dos índios?" "O doutor sabia que tu vinha?" "Fica quanto tempo?" Em seguida, diz que vai buscar toalhas e lençóis limpos. Agora posso me concentrar na casa.

Luz fria e fraca, paredes brancas, poucos móveis, todos sólidos e escuros, que parecem estar ali há décadas. Nenhum luxo ou conforto. Dentro de uma cristaleira, algumas peças de louça antiga, meia dúzia de copos de cristal, um pacote de Plaza e alguns maços de Parliament. Os únicos enfeites são cinzeiros de madeira, vidro, ferro, inox, e três pratos de cerâmica repletos de uma semente marrom. Não sei bem o que esperava do lugar, talvez mais cores, certamente meu pai me guiando, mas logo tudo se encaixa na figura discreta e esguia da minha infância. As camisas brancas, o isqueiro branco. A decoração que a minha mãe escolhia — almofadas florais que pinicavam a pele, cortinas com babados, sofás que não pareciam feitos pra se sentar neles — não está ali ressaltando o desencaixe dele. Assim que os olhos se acostumam, é fácil imaginá-lo aqui.

Paro diante de um dos pratos e Maria me alcança uma semente que tem quase o tamanho da sua mão. É jatobá, diz, um *fruto* que "dá em farinha, bolo, geleia, beiju", mas, sobretudo, "sorte e proteção". Jatobá era o nome da farmácia dele em Copacabana, digo a ela, que sacode os ombros.
"A daqui era Renascer. Pegue um e guarde."
O telefone toca no quarto fechado.
"Essa zoada o dia todo", Maria resmunga, balança a cabeça e contrai os lábios. Por uma porta entreaberta, vemos o Mundo pelado em pé diante da janela. Ela ri, se desculpa sem nenhuma convicção, e fala quase gritando enquanto abre a porta do quarto que escolheu pra mim.
"Cobre as vergonhas, seu Raimundo, que tem moça na casa."
É assim que entro na casa do meu pai e nós três entramos um na vida do outro.

5.

A alopecia areata é implacável como o tempo, vai até o fim sem recuar. Eu tinha vinte e sete anos quando encontrei as duas primeiras falhas no espelho de um dos banheiros de hotel que limpava. As formas circulares, quase ovais, completamente carecas apareceram como uma novidade num longo e penoso processo de queda capilar. Pequenas e simétricas, pareciam um par novo de olhos que tinha brotado entre a orelha direita e a nuca. Era óbvio que não se tratava da típica calvície masculina. Lembravam mais círculos surgidos do nada no meio de uma plantação.

Essas falhas eventualmente se expandem, deixando rastros cada vez mais estreitos e clareiras cada vez mais abertas. Quando menos se espera, alguns fios voltam a crescer — brancos e finos, frágeis como teias —, depois tornam a cair. Os fios brancos funcionam como mensageiros. Os outros, de cor e volume que lembram os fios originais, chegam aos poucos. Se os mensageiros não aparecerem, a alopecia pode ser definitiva. Foi o que me explicou a médica do hospital

Pays de Montreuil — que decidi consultar na época apenas pra confirmar minha certeza de que tinha uma doença fatal, e porque a consulta custaria menos que vinte e cinco euros. Fatal não, mas provavelmente incurável, ela respondeu com frieza deliberada, antes de uma rápida menção a possíveis causas — processo inflamatório que ataca os folículos capilares, doença autoimune, estresse —, enfatizando o estresse e o fato de que mantê-lo sob controle seria uma tarefa exclusivamente minha.

Como não consegui imaginar uma forma efetiva de fazer isso, desde então meu corpo costuma atacar a si próprio em intervalos regulares de dois anos, mas é a primeira vez que vai tão longe. Fazia duas semanas que eu estava na casa do meu pai, sem notícias dele, quando as falhas espalhadas de uma orelha a outra no meu couro cabeludo praticamente se juntaram formando uma espécie de auréola, e Maria se ofereceu pra raspar a cabeça inteira e me submeter a um de seus tratamentos.

Maria falava num tom confiante e eu não tinha muito mais a perder. O trabalho começou na primeira noite de lua nova, o que, segundo ela, seria o primeiro passo pra "uma safra boa". Depois me entregou um lenço colorido que tinha pertencido à mãe e à avó materna: uma herança transmitida entre as mulheres do "lado bom da família". No sábado seguinte, encontrei o mesmo lenço na feira do centrinho. Mostrei o "Made in Bangladesh" impresso na etiqueta e ela respondeu inabalável, já me dando as costas: "Fica mais pra cima, pra lá de Arcoverde".

Àquela altura, tanto Maria quanto Raimundo já haviam naturalizado minha permanência ali. Ela deixando de contar as diárias e de me cobrar toda manhã; ele batendo na minha porta pra pedir caneta, cinto, camisa, gel de cabelo, perfume, e inspecionando meu crânio em busca de focos que eu não enxergava. Raimundo chama o fenômeno de "pelada", mas ficou fascinado com a novidade que ofereci ao seu vocabulário.

"A raposa perde o pelo mas não perde o vício", passou a balbuciar durante suas atividades quando sabe que estou por perto, em parte pra mexer comigo, em parte porque falar sozinho é uma coisa que ele faz.

Seus dias são cheios e disciplinados. Pela manhã bem cedo, dá leite pra cinco gatinhos paridos no telhado. A mãe, uma gata corpulenta amarela e branca, que Raimundo chama de Desalmada, escala até algum ponto inacessível e observa a cena. Depois, ele toma um copo de café doce e circula pela cidade em busca de árvores cheias de frutos. Colhe pitomba, seriguela, jatobá, deixa uma carga em casa e leva o resto pra vender na rua. Na hora do almoço, os cachorros que dormem na praça o esperam esparramados na sombra entre o muro da casa e as pilhas de tijolos. Raimundo volta de outra ronda pela vizinhança pra recolher sobras e, depois de uma triagem meticulosa, distribui as porções em meia dúzia de panelas de alumínio amassadas que serve em seguida, cuidando pra que nenhum cão seja negligenciado ou passado pra trás. Em dia de feira, pega os restos do pavilhão de carnes e cozinha pros bichos, que se fartam e dormem até o cair da noite. Garante uma refeição diária, o resto é com eles. Eventualmente aparece com um jumento abandonado que encaminha pro terreno baldio ao lado da casa, onde tem sombra, mato e uma bacia de água que ele mantém sempre cheia.

"Trabalham e apanham a vida toda, depois são largados pra morrer, mancos, cegos, lascados", ele me diz acariciando a crina rala de um recém-chegado. "Ainda mais agora que o pessoal pode comprar moto a prestação. Largam mesmo. Ou mandam pra China."

Só não entra no galinheiro que fica nos fundos do terreno por determinação de Maria, porque ele acabaria se afeiçoando aos bichos e daria trabalho cada vez que ela tivesse que quebrar um pescoço pro almoço.

Raimundo também é o responsável pela poda das árvores do nosso quintal e de qualquer outro que julgue descuidado. Ninguém pede que faça isso, mas tampouco lhe negam uns trocados quando bate na porta pra cobrar pelo serviço. As copas em forma de cubos da praça, logo descubro, são obras suas.

Recentemente, ele tem se mantido bastante ocupado fazendo uma regência paralela da banda da Escola Estadual, à revelia do professor responsável e dos próprios instrumentistas que ensaiam pra algum desfile cívico em frente ao bar onde ele gasta o que ganhou no dia anterior. Às vezes tem conversas longas com interlocutores que não sou capaz de enxergar e, à medida que os dias passam, duvido menos que realmente existam.

"É lobo", Maria o corrige.

"É o quê?"

"O certo. Como diz o ditado, o lobo perde o pelo mas não perde o vício."

Raimundo se cala. Costuma ser assim entre os dois.

Maria costura suas ideias com algumas poucas máximas conhecidas e muitas outras que talvez invente de improviso. Todas começam do mesmo jeito: "Como diz o ditado".

"Como diz o ditado, a cascavel perde o chocalho, mas não a peçonha."

"Como diz o ditado, o homem mais vale se for criança."

"Como diz o ditado, antes perder a lã que a ovelha."

Por um mês inteiro, ela besuntou minha cabeça no fim da tarde com uma garrafada escura e espessa que eu só podia enxaguar depois que o sol tivesse nascido. As ervas ajudariam "na muda". O cheiro era intragável e me mantinha dentro dos limites do portão durante a noite. Ela garantiu que aquilo também era bom. A cada mudança de lua, encontrava um saquinho diferente de ervas debaixo do meu travesseiro, às vezes amarrado com fita amarela, às vezes vermelha ou branca. Deixava tudo onde estava e fazia o que quer que Maria mandasse, como aprendi com o Raimundo.

Mesmo quando o primeiro impulso é discordar dela, ele não se alonga na discussão e vai pra algum canto onde reflete e reorganiza suas certezas. É a hierarquia da casa. E, apesar de Maria estar acima, os dois se entendem no final.

Sei que os outros moradores da cidade estranharam minha presença naquelas primeiras semanas. A cor desbotada, os caminhos de rato na cabeça, o sotaque ilocalizável, as roupas definidas no corpo indefinido, a careca repentina. E eu tinha decidido não facilitar pra ninguém. Tudo o que era preto, cinza e discreto, quase tudo que eu trazia comigo, ficou guardado na mala enquanto eu me concentrava no guarda-roupa colorido recém-comprado na feirinha. Saias e shorts curtos, blusas estampadas, sandálias. Se ninguém me olhasse torto na rua, voltava pra casa e caprichava mais. Não sentia mais medo e me deixava levar, como a criança que fui antes de entender o funcionamento do mundo.

A notícia de que eu tinha um passado comum com o *Doutor* se espalhou rápido, assim como a cor sertaneja que herdei dele voltou a vibrar na minha pele. Enquanto isso, os olhos dentro e fora do casario aos poucos me adotaram como mais um elemento da rotina. Se ainda se espantam, conseguem disfarçar. Num movimento sincronizado, as três crianças que me seguiam com risinhos forçados e fugiam em pânico toda vez que eu me virava um dia ficaram onde estavam quando me viram passar. Na tarde seguinte, sorriram timidamente ao meu aceno e, depois, nem isso. Eu tinha conquistado meu lugar na paisagem e entre os outros adultos. Os olhos continuam onde sempre estiveram, a única mudança é que agora me reconhecem e cumprimentam. Quando o calor aperta, há pouco a fazer além de ver o dia passar.

De certa forma, foi fácil chegar num acordo com esses outros. Com os da casa do meu pai tem sido diferente. Maria e Raimundo me incluíram em todos os seus assuntos e de algum modo parecemos feitos pra essa intimidade.

Trago imagens de uma terra que eles consideram opaca e ilógica — portanto engraçada —, e retribuem com as estranhezas de conterrâneos vivos e mortos, do Altinho ao cemitério, de Petrolândia a Caraibeiras. Sabem tudo sobre a reputação dos padres, os rituais pankararus, as terras dos quilombolas pra além da Serra Grande, quem é ou foi pistoleiro, já "matou de avulso", traiu, se "pegou no tapa", se "furou a faca" e se "atracou na cama".

Embora Maria só vá em festas na época de São João, não sai tapioca nem cuscuz nem galinha de capoeira nem bode frito nem ensopado de peixe nem nada da cozinha *dela* se não estiver tocando Calcinha Preta, Rasta Chinela, Frankito Lopes, "o índio apaixonado", ou Sandro Lúcio no aparelho 3 em 1 da sala. Quando Inacinha, uma garota de vinte e três anos tão bonita quanto desbocada, aparece no fim do mês e fica na pensão por dois ou três dias, o 3 em 1 vai pro pátio nos fundos.

A Noite da Resenha reúne um pequeno grupo de maconheiros de química complexa: Bela, mãe solteira gótica de dezoito anos (o bebê Tarja Turunen não sai do colo de Maria); Sila, ex-puta que ganhou na Quina da Loto com outros treze, comprou uma casa e montou um ateliê de costura; Matias e Paulinho, o casal à frente do salão de beleza Retoque; um casal que têm o mesmo nome — Letícia — e se distingue pelos apelidos — Leti e Lelê — e pelas personalidades opostas. Raimundo aparece, toca um pouco de violão e some. Inacinha desvirginou a boca de Matias na oitava série, Paulinho e Lelê não se topam, Maria já ajudou Bela e Sila, meu pai acolheu cada um deles em algum momento, mas Inacinha claramente é a cola que os aglutina quando está na cidade pra pagar os boletos da casa dos pais. Ela prefere ficar na pensão a encarar "a cara de bunda" dos dois, que viraram crentes. Pega estrada em vez de resolver tudo pela Caixa Econômica pra que o dinheiro que faz dançando na noite e com uns poucos clientes fixos — "os noivos" — não acabe nas mãos do pastor. E porque não quer perder a irmã caçula de vista.

"Paris então, é?", ela perguntou a certa altura da minha estreia na Noite da Resenha, enquanto me passava um fino.

"Pois é...", dei uma tragada longa e relaxada, imaginando que a conversa pararia por ali. Todo mundo, a não ser Lelê, tinha o que dizer e ninguém parecia se importar que a maior parte do tempo eu só ouvisse. Mas Inacinha continuou me encarando.

"E tu veio lá da casa do caralho pra quê mesmo, criatura?"

A parte do meu cérebro responsável por inventar mentiras convincentes estava entorpecida.

"É que Tacaratu tá na moda agora, não sabia?"

"Tá certo", ela se aproximou pra pegar a ponta e falou ainda mais baixo que antes. "Engraçado é que o Doutor tem um filho que vive pra lá também. De repente tu até conhece ele..."

Olhei ao redor e me certifiquei que ninguém prestava atenção no que dizíamos. Maria começava a recolher a louça suja pra entrar discretamente na cozinha e se recolher; Lelê e Leti — que me lembrava Julia, minha vizinha da infância — estavam abraçadas perto da cerca, olhando pra lua e pros morros; os outros três discutiam uma dívida de alguém que não estava ali; Raimundo já tinha saído sem chamar a atenção. Eu me endireitei na espreguiçadeira e procurei me concentrar. O esforço deve ter sido dolorosamente visível. Inacinha gargalhou.

"Sossegue que aqui ninguém é cabueta, não. A gente até pergunta, mas só responde quem quer." Ela piscou um olho enquanto se levantava pra aumentar o volume do som e puxar Maria pela cintura.

"Tu veeeens, tu veeeens, eu já escuto os teus sinais..."

O assunto morreu ali e a noite acabou depois que cada um atingiu seu pico de exaustão. Na tarde seguinte, me sentei numa das cadeiras em frente à casa assim que percebi que Inacinha se preparava pra pegar o ônibus de volta. Ela estava de ressaca, falava pouco, baixo e apenas com a Maria. Passou por mim colocando os óculos escuros de armação grossa, grandes demais pro seu rosto, desceu os dois degraus entre a varanda e o pátio e ficou ali olhando a rua. Depois se virou pra mim, perguntou se eu pretendia ficar até a volta do Augusto e se tinha dinheiro. Respondi que ficaria o tempo necessário e tinha dinheiro pra alguns meses. Então ela pediu que eu tomasse conta da casa, de Maria, de Mundinho e de mim.

* * *

Raimundo nunca fala do próprio passado. Acorda de manhã com o peso de um recém-nascido. Costuma ter respostas universais pra qualquer pergunta que faço, como se jamais respondesse apenas por si mesmo. Toma banho cada vez que chega da rua, alegando que a poeira de Tacaratu queima a pele. Algo a ver com o sangue derramado ali ao longo dos séculos. São banhos longos, provavelmente masturbatórios. É o mais lavado e esfregado dos homens, mas cada célula sua está embebida em cachaça de alambique, o crack local. No instante em que se seca, o álcool escapa dos poros e orifícios como uma flor exalando seu perfume. Talvez por isso nunca tenha ressaca e seja bastante funcional quando não perde a mão na manguaça.

Bêbado ou sóbrio, sente a mesma raiva da polícia, dos padres, dos pastores da Universal e dos posseiros que tomaram conta de terras demarcadas na região. Foi preso por desacato algumas vezes e parece sentir falta da cadeia, como se o aprisionamento provasse que ele tinha incomodado o sistema e sido realmente ouvido. Não se darem mais ao trabalho de encarcerá-lo o deixa abatido, mas nunca vencido. Quando bebe, é esperado que vá pra frente da delegacia e faça suas pregações.

A mesma pulsão anarquista o levou a colecionar histórias do cangaço com devoção. Conhece a geografia, os nomes e as datas sem titubear. Por ser um território fronteiriço, "uma quina entre três estados", e todo costeado por serras que fazem da região um mirante perfeito, Tacaratu e as redondezas serviram de porto pro bando de Lampião. A igreja pomposa de hoje teria sido construída com o ouro dele, depois que um raio destruiu a capelinha anterior.

"Eles podiam ser ruins pra lá, mas pra cá não foram, não." No instante em que demonstrei algum interesse pelo assunto, Raimundo me levou até onde Antonio Ferreira, irmão mais velho de Virgulino, foi morto pela própria arma num acidente. "Brincadeira de um colega que não se deu conta de que Antonio dormia na rede com a arma engatilhada em punho", disse baixando os olhos, consternado. Também me arrastou até a casa onde vivia o cônego a quem Moreno ("filho de Tacaratu") e Durvalina, um casal de cangaceiros, entregaram um menino recém-nascido porque não podiam carregar um bebê chorão no meio da caatinga quando o resto do grupo já tinha sido dizimado; e depois à gruta na serra do Cruzeiro, onde os cangaceiros a caminho da Bahia e de Alagoas, ou voltando de lá, podiam se abrigar como numa fortaleza.

Os cachorros sem dono, que "são donos de si mesmos", foram batizados por ele como os animais do bando: Ligeiro, Guarani, Jardineira, Quem-quem. Como há mais cachorros do que os nomes que sabe, e todos são parentes, segue a lógica da filiação: Ligeiro Pai, Ligeiro Filho e assim por diante. Dourado só tem um — homenagem ao boca-preta sertanejo mais estimado por Lampião, alvejado por um soldado num tiroteio ali mesmo na cidade.

Raimundo só evita falar de cangaceiros na presença da Maria, pelo mal que fizeram às meninas sertanejas levadas à força, e às mães delas, que enlouqueceram de desgosto e foram torturadas pela polícia depois. Porque, como costuma dizer, "a polícia era sempre pior".

Maria faz o sinal da cruz sempre que ele volta pra casa. Está constantemente preocupada com a possibilidade de algo ruim lhe acontecer. Quando eu quis saber o motivo, deu a ficha completa. Faz uns cinco anos que Raimundo foi deixado pra trás pelo irmão mais moço, "o último Albuquerque desta praça". Eram muito ligados, órfãos desde os dez e os cinco anos de idade, e acabaram de ser criados, "na bruta", por um vaqueiro amigo do finado pai deles. Apesar disso, o fardo de levar um irmão pinguço pra São Paulo seria pesado, o rapaz tinha mulher e crianças pequenas. O próprio Raimundo, muito jovem, teve uma filha "quando andou pela Bahia" — de onde voltou despachado só com bilhete de ida e bastante machucado. Pra ela, ele começou a beber por saudade da criança.

"Não deixam ver a menina por causa dos cabras com quem ele andou por lá, assim como anda pra cá. Você tá me entendendo?", ela disse e fez uma pausa deliberada, só prosseguindo depois que acenei que sim, tinha entendido que o Raimundo é gay, algo que ele mesmo já havia me dito de um jeito encabulado dias antes, quando um rapaz de coxas e braços musculosos e cara de lutador de MMA parou a moto alguns metros adiante da casa e esperou Raimundo sair e subir na garupa. "Ele não apresenta na aparência, mas é", disse Maria. "E, veja bem, o mais moço nunca se aperreou com isso. Foi sabendo que aqui não tem arrenegado. Se é filho da terra, a terra toma conta."

Ela sabe que isso não corresponde de todo à verdade, que a humanidade submeteu a terra e assumiu o controle, então procura fazer o que está a seu alcance pra compensar. Vai aonde há crianças doentes pra benzer. Leva saquinhos de ervas, cascas de árvores e garrafadas numa bolsa de pano pra quem espera "pegar gravidez" ou pra quem não pode levar uma adiante. Também reza o terço com os velhos, trabalho que chama de "atravessamento". "Pra que se acostumem a partir ouvindo a própria voz."

Como suas versões eventualmente variam, é difícil determinar quando está inventando ou aumentando. Ainda assim, mesmo quem assegura que Maria inventa quase tudo o que diz, ou que é só doida, respeita a sua presença, segue seus conselhos e volta pra agradecer depois. E nada disso impede que quase todo mundo fale da história dela, trágica o bastante pra que nunca perca o interesse público.

Estávamos debaixo do pé de jatobá nos fundos da casa quando ela me perguntou o que o povo tinha me falado a seu respeito. Eu catava feijão, ela preparava uma leva de garrafadas.

"Nada de muito aprofundado", eu disse, fingindo que a tarefa mecânica de separar as pedras e os torrões de terra exigia atenção integral.

Ela não se contentou com a resposta.

"Algumas pessoas comentam que você sofreu muito", completei.

Maria derramou o líquido aos poucos no funil, até encher a garrafa PET.

"Se queria saber, perguntasse pra mim."

Meu corpo se contraiu um pouco, envergonhado; ela fechou a garrafa, pegou outra vazia, se deteve uns instantes e só então, num tom que não era triste, nem queixoso, mas bastante altivo, disse: "Toda a vida fui assim trapalhada, mas nunca louca, visse. Sofrimento tive muito, mas sempre fui sã". Balançou a cabeça, concordando consigo mesma, pegou o funil, mergulhou a concha no panelão e seguiu o processo. "Agora você imagine: num dia eu tinha só inocência, no outro, uma barriga assim, no outro, um rio de sangue. Aí eu só lembrava da morte. E a morte... dê assunto pra ver. Mas menina não tem medo de nada, essa que é a verdade. Eu nunca tive. Se sofrimento matasse gente, eu não tava aqui. Nem tu. Quem vem ao mundo vem pra cumprir o que deus marca. Rindo ou chorando, tem que cumprir."

Depois narrou mais ou menos o que eu tinha ouvido de diferentes fontes: que vinha de uma família em que quase todo mundo era "pelo menos um pouco doido" porque passou algumas gerações casando primos com primos, pra que as terras não se dispersassem com outros sobrenomes. Mas com ela foi ainda pior. Fizeram com que ela tivesse o filho de um tio que a "pegava à força" desde muito pequena. A gestação foi a termo com incentivo do padre, e a criança nasceu. Mandaram o tal parente pra Paraíba, mas um dia ele voltou e Maria já estava crescida o bastante pra recebê-lo com uma facada no peito — que "infelizmente não matou, mas fez bastante estrago". Os demais pagaram o que deviam com juros, cada um a seu tempo. Quem não se desgraçou, ficando "torto ou aleijado", ou morreu ou fugiu. Maria ficou, "tinha mais direito", e a fama de louca só ganhou força quando devolveu aos índios as terras que lhes eram de direito e loteou o resto pra três famílias pobres que havia conhecido na infância. Eram objeto da caridade de uma bisavó paterna, que sempre lhes dava as sobras dos bichos carneados na sua fazenda.

"Como diz o ditado, a perdição da mulher, a perdição do mundo", ela disse pra si mesma assim que acabou seu relato, levando a carga nova de garrafadas pra cozinha.

6.

O problema não é a ausência, não depois do tempo em que ficamos afastados, mas este suspense diário.

Não temos internet na casa. Raimundo está convencido de que *"a internet"*, a CIA, a Nasa, a Polícia Federal, a companhia telefônica e a polícia de Pernambuco são mecanismos de controle equivalentes e igualmente destrutivos. Nem ele nem Maria parecem chegar perto de entender o que acontece comigo quando o plano de dados do meu celular acaba.

Tenho que encontrar outros pontos de acesso pela cidade além da lan house perto da igreja, geralmente lotada de meninos mergulhados em maratonas de games. Um dos melhores é a varanda de uma senhora de oitenta e dois anos, onde sento e bebo o suco de pitomba ou de caju que ela me oferece. As filhas instalaram um bom *wi-fi* pra monitorar a mãe, que demite todas as ajudantes contratadas.

A Ewa prometeu que me escreveria quando chegasse um cartão-postal do Giorgos, ou se conseguisse notícias sobre o paradeiro dele. Ela decidiu dar um tempo em Paris, no quartinho, sem Karim. Enquanto a tal mensagem não vem, procuro por hospitais, médicos, centros de tratamento de câncer, necrotérios, delegacias e investigadores particulares em Pernambuco. Cada vez que digito o nome do meu pai no buscador, ou encontro alguém com boa vontade no IML ou numa delegacia, meu coração dispara. As batidas retomam o ritmo normal à medida que os sistemas não têm nenhum registro dele e os mesmos resultados surgem na tela: alguns homônimos; a nota num blog tacaratuense sobre a cerimônia de entrega do prêmio Cidadão Ilustre que recebeu dois anos atrás no Tacaratu Social Clube; outra nota numa edição do *Jornal do Brasil* de 1994, mencionando a autuação de um farmacêutico de Copacabana por exercício ilegal da medicina; uma reportagem de 1995 do *O Globo* com o título "Pequeno comércio tradicional da Zona Sul não resiste ao avanço das grandes redes". 1994 foi o ano em que a minha avó morreu e perdi a virgindade. Não vi aquilo acontecer. Em 1995, meu pai se despediu de mim na cozinha, enquanto eu comia uma tigela de Snow Flakes. O avô pernambucano que nunca conheci tinha morrido, havia uma casa que agora era do meu pai e "alguns arranjos" dependiam da sua presença. Ele carregava uma mala velha e pequena, adequada ao período que anunciou que ficaria fora. Não me ocorreu responder nada além de "tchau" enquanto me olhava com uma expressão abatida perto da porta, claramente esperando por algo que nenhum dos dois seria capaz de oferecer.

Na primeira oportunidade sem Maria nem Raimundo na casa, tentei entrar no quarto trancado, forçando um basculante solto que dava pra uma lateral da casa. Com a cabeça do lado de dentro e os ombros entalados no buraco, esquadrinhei a superfície. Uma cama de viúvo coberta por uma colcha bordada de verde e azul e um armário de madeira escura de duas portas. Um cinzeiro de vidro lapidado sobre a mesinha de cabeceira, com o que supus ser um Plaza queimado pela metade e que parecia muito o que ele usava na mesa em Copacabana e eu pensava que a minha mãe tinha jogado fora depois que ele havia nos deixado. Em cima de uma edição antiga de capa verde, onde só pude adivinhar a palavra Borges, duas prateleiras com livros de medicina e botânica, cordéis e outros títulos impossíveis de identificar. Um cinzeiro largo de inox lotado de guimbas e cinzas em cima da mesa de fórmica azul coberta por uma toalhinha suja e furada a brasa. Na parede contígua, pequenos papéis anotados com caligrafia miúda, todos ilegíveis àquela distância. Duas cadeiras de assento de palha, um telefone de disco cinzento, uma cômoda, um toca-discos. Numa reentrância do cômodo, um cofre verde-escuro de um metro e meio de altura. A minha foto no alto da escada da velha farmácia está pregada perto da cama, ao lado de outra, da *formatura* de pré-escola da Cris, onde ela aparece segurando um pintinho vivo. Ambos ainda crianças, ainda *dele*. Nosso irmão não está ali. Tudo recoberto por uma camada de poeira clara que engrossa com o passar das semanas, como se o quarto fosse uma ampulheta marcando o tempo da ausência do ocupante. Voltar ali pra espiar às vezes me acalmava.

    Por dias, me empenhei em convencer Maria e Mundo a arrombar a porta — "Pode ser o próprio Augusto telefonando", "E se for alguém com notícias dele?", "Talvez a resposta pro sumiço esteja ali dentro" —, o que os dois recusaram como se eu estivesse sugerindo que derrubássemos a casa. Também me ofereci pra trazer um chaveiro e eles concordaram que aquilo podia gerar uma indisposição no futuro.

O próprio *Doutor*, mesmo sendo proprietário da casa, jamais entrou no quarto de ninguém sem bater, eles dizem, e nem um nem outro conhecia ninguém que desse tanto valor à própria privacidade. No auge da irritação, cogitei lançar mão da cartada melodramática: "Ele é meu pai!", mas me contive a tempo.

No dia em que enfim reconheci a derrota, abri um dos maços de Plaza da cristaleira. Acendi o cigarro com o isqueiro branco preso por um barbante no batente da porta dos fundos. Meu quarto em Copacabana era úmido no inverno e os Plazas que eu tinha roubado mofaram no fundo do armário antes que eu acendesse o primeiro. Então veio a Laura, que odiava tabaco quase tanto quanto minha mãe, e se provou mais efetiva quando se recusou a me beijar uma noite porque eu tinha dividido um mentolado com uma colega numa festa. Depois, só uns tragos em cigarros filados, mais pra ter o que fazer com as mãos e a boca. Mas aquele Plaza estava bem seco e fresco. A fumaça desceu ardendo pela garganta. Soprei logo e mecanicamente a primeira baforada. Traguei a segunda e a deixei retida no fundo da traqueia tempo suficiente pra ouvir a musiquinha completa do caminhão de gás que passava na rua. O barato amargo da nicotina bateu. Segui adiante até sentir uma tontura que seria boa se não viesse com um fundo de náusea e o gosto que lembrava as nossas roupas e cabelos adolescentes quando voltávamos de festas em lugares fechados, nos anos 1990.

No mesmo móvel, dentro de uma gaveta, encontrei o retrato dos meus avós — uma dessas fotografias coloridas a mão por fotógrafos que viajavam pelo interior na época em que os dois eram jovens recém-casados. Só o papel numa moldura marrom grossa e ovalada, sem vidro. Os olhos do meu pai, sem dúvida, vêm da mãe dele. O mesmo desamparo que se confunde com um traço de doçura. Os do meu avô são familiares, mas de outro jeito, do tipo que passei a vida evitando.

Há muitas outras fotografias dos dois velhos na seção "Fatos e fotos" da Casa de Cultura da cidade. Meu pai aparece em três pontos da exposição. De toga, com vinte e cinco anos, junto com dezenas de outros "Filhos de Tacaratu que enaltecem seu berço". A legenda colada sobre o vidro embaçado de sujeira diz: "O primeiro tacaratuense formado pela Escola de Farmácia de Pernambuco em 1962". No colo da minha avó, uma jovem de cabelos escuros e lisos amarrados por um lenço, escorada na janela de um sobrado da rua do Comércio tomada por vaqueiros, biscates e mulas, ele é um bebê grandalhão de um ano e pouco com a cara redonda desfocada. A imagem é um registro da Missão de Pesquisas Folclóricas de Mário de Andrade, datado de 11 de março de 1938, feito pelo arquiteto líder da expedição. Alguns poucos retratos à direita, nove anos mais tarde, ele aparece como um menino magro de franja e feições femininas, cercado por meninas e meninos fantasiados — de ciganas, ou vaqueiros ou toureiros, apenas ele com a boca pintada, uma gola de babados de tule e um macacão florido de arlequim.

Pouco a pouco a pessoa que existe na minha memória se confunde com as versões de Tacaratu. "É muito brincalhão", "É um homem sereno", "Um pé de valsa". Tudo leva a crer que não conhecemos o mesmo homem. Até as histórias que Maria e Raimundo contam exigem uma inclinação ao desapego — são elásticas, mudam conforme os dias, o clima, se há outras testemunhas, se tem festa na cidade ou na aldeia dos pankararus no brejo dos Padres, romaria, vaquejada, alguém doente ou um morador novo do Cemitério Municipal.

Pra comparar as versões, perguntei pra cada um em separado se o *Doutor* chegou a ter outras mulheres ou filhos ou se havia sobrado algum parente na região. Eu sabia que meu pai era filho único, mas a cidade me mostrava diariamente que existia muito mais que eu desconhecia. Durante o meu último ano no Rio de Janeiro, minha mãe costumava repetir que ele devia ter algum *compromisso* em Pernambuco, que homens eram como moscas, raramente ousavam voos maiores se não tivessem onde pousar em seguida.

Maria e Raimundo mencionaram a mesma pessoa e desconversaram em seguida. Um compadre do *Doutor*, "muito achegado desde rapaz", que era casado com uma tal Maria de Zinha, dona de uma roça em Petrolina. Ele ainda anda por lá, disseram. Não mais como marido "de fato", mas como sócio no negócio do balneário e pai dos filhos que tiveram. Pedro.

O mesmo nome veio à tona na segunda Noite da Resenha. Inacinha tinha começado a achar o sumiço do Doutor muito fora do padrão. Homicídios "e coisa pior" saltavam das colunas policiais, o rádio sangrava todas as manhãs. Além dos crimes comuns, havia bandos do novo cangaço à solta; e desses foras da lei nem Raimundo gostava. Boa coisa aquilo não podia ser, a Inacinha repetia, olhando mais pra mim do que pra qualquer outro.

Descobri nessa noite que todo mundo conhecia o Pedro, e gostava dele, mas entrar em contato agora tinha o peso de uma interdição. Que os Parliament na cristaleira da sala pertenciam a ele e, embora meu pai o chamasse por uns sessenta anos de "amigo", eles eram tão amigos quanto Matias e Paulinho, as duas Letícias, e as *amigas* da minha avó. Inacinha argumentou que a situação pedia um pouco de indisciplina, já que sempre que o *Doutor* sumia, estava com Pedro. Só por isso ela tinha telefonado pra ele. Os demais foram obrigados a concordar.

O problema era precisamente este: o Pedro não sabia do meu pai desde a briga dos dois.

"Vocês tão cheios de merda. O Doutor tá bem vivo", resmungou a Maria, antes de se retirar. Toda manhã, ela usa o serviço de recados da igreja pra pedir notícias. Três vezes por dia, é possível ouvir ecoar do alto-falante da secretaria o mesmo texto, que ela ditou a alguém e continua levando até lá, sem mudar uma linha: "Atenção, irmãs e irmãos de Tacaratu, dona Maria da pensão pede pra avisar que se alguém tiver notícias do Doutor Augusto, repito, notícias do Doutor Augusto, que deixe recado aqui mesmo na secretaria da igreja".

Matias levantou a hipótese de que ele tivesse arranjado outro "companheiro de viagem". Sila rebateu que estava velho e magoado demais pra isso, mas podia, sim, estar em alguma praia dando um tempo, lambendo as feridas.

Raimundo ouvia os demais deitado na rede, balançando a cabeça e contraindo os lábios. Quando chegou sua vez, foi seco e firme: "Se o Doutor quiser ser encontrado, assim vai ser. Se não quiser, paciência, é um direito que tem".

"E tu, o que acha dessa história?", Inacinha me perguntou e todos pararam pra ouvir como se soubessem mais sobre a minha posição do que haviam demonstrado até aquele momento. As palavras de Raimundo tinham me tocado. Ninguém, além de mim, sabia a respeito da mancha no pulmão. Respondi que estava pesquisando na internet e fazendo telefonemas havia algum tempo, mas, no geral, concordava com Mundinho.

A existência de Pedro preenche alguns espaços vazios da minha infância, me trazendo mais conforto que estranheza. As noites em que meu pai precisava ficar até tarde na farmácia, a segunda cama feita no chão do quarto do casal onde meu pai dizia dormir "por causa das costas", os "congressos de farmacêuticos" que sempre aconteciam em praias do Nordeste. A presença dele, mesmo antes de ter decidido não voltar mais pro Rio de Janeiro, era marcada por um desajuste incontornável e pelo que parecia sempre prestes a dizer, mas não dizia.

O fato de ele ter escrito uma carta pra minha mãe três semanas depois de chegar no sertão pedindo que fôssemos encontrá-lo foi só formalidade, uma tentativa de aliviar o peso na consciência. Ela leu pra mim e pra Cris uma única vez, devolveu a carta ao envelope e guardou numa pasta com outros documentos que esperava usar contra ele no momento certo. Meu pai sabia melhor do que ninguém que não existia nenhuma chance de ser atendido. E por mais que minha mãe usasse a oportunidade pra acusá-lo e justificar a vida ressentida e entrincheirada que nunca mais abandonaria — e eu custei a entender que ela podia ter *alguma* razão pra isso —, tinha sido poupada do desgaste que seria ela mesma ter que mandá-lo embora.

Alimentados pelo anúncio diário na igreja, comentários e apostas sobre o paradeiro do *Doutor* circulam pelos barzinhos e comércios, pelas cadeiras que se desdobram nas calçadas todos os dias depois das cinco da tarde e no rodízio constante dos bancos da praça. Muitos batem palmas em frente à casa e pedem notícias ou perguntam quando nos cruzamos na rua.

"Doutor faz falta, que volte de uma vez."
"Se deus quiser, ele aparece."
"Deve ter tirado umas férias."
"O Doutor sempre foi meio assim."

Mesmo o Doutor sendo o último recurso, depois da Nossa Senhora da Saúde, dos encantados da aldeia indígena e de benzedeiras como Maria, dizem que ele é alguém que cura o povo — e o povo nunca esquece de quem cura.

Alguém jura tê-lo visto numa reportagem do *Jornal Nacional*, no meio de um confronto entre polícia e manifestantes contra o aumento das passagens de ônibus em São Paulo. Diz que o tal homem que seria meu pai chamou a atenção por estar parado, "meio perdido, meio confuso", enquanto uma bomba explodia e todos corriam em volta. A tal testemunha ocular tinha quase três graus de miopia e estava bebendo desde o meio-dia. Mesmo que a possibilidade pareça improvável, a televisão passou a ficar sempre ligada na pensão, e incluí São Paulo no meu raio de busca.

À espera de uma reprise da tal cena, vemos imagens feitas do alto de helicópteros e edifícios, ouvimos comentaristas indignados com a destruição do patrimônio público e privado, pedindo punição aos "vândalos mascarados", e políticos respondendo apenas às reivindicações que lhes trazem alguma vantagem, enquanto Tacaratu segue a mesma de sempre.

Sem transporte público ativo, caminhonetes D-20 adaptadas como paus de arara estacionam no centrinho, entram e saem do portal da cidade lotadas de passageiros silenciosos.

Os indígenas tentam se defender dos invasores na Justiça. Os únicos barulhos nas ruas, além do tráfego minguado de todo dia, são os dos carros de som que passam anunciando algum produto ou alguma festa. Se não fosse pelos rugidos do Raimundo, talvez nos deixássemos levar, esquecidos do lado que ocupamos num mundo que desmorona.

7.

Os fios brancos aparecem em abril e os castanhos começam a chegar em maio, mais ou menos quando as roupas da mala voltam à ativa. Maria e Raimundo concordam que as peças são feias, "fechadonas demais" e não combinam com as bijuterias e a maquiagem que continuo usando, que por sua vez não combinam com minhas botas velhas. É impossível fazê-los compreender que meu corpo é um território instável e que é a primeira vez que o percorro com liberdade.

No primeiro dia de junho, chegam notícias de Giorgos. Está no Peru, a caminho do Acre, planejando descer até o Rio de Janeiro, mas, entre uma coisa e outra, vai dar as caras no sertão pra me encontrar. Duas semanas depois, no dia de santo Antônio, haveria um postal na caixinha de correio. Uma passarela iluminada sobre um rio estreito e escuro em Rio Branco. "Espera por mim, *nounours*."

Talvez seja possível ir embora sem perder tudo.

Na tarde seguinte, chamo um mototáxi. Quando tira o capacete diante da casa, vejo que é imberbe, talvez não tenha nem dezoito anos. Conhece meu pai, já se tratou com ele. Pegamos a BR-110 no sentido sul. Depois de uns vinte minutos de asfalto costeando o rio São Francisco, cruzamos uma fila de dez jegues que se desloca sem pressa pelo acostamento. Peço pra pararmos alguns metros adiante. Assim que nos percebe, o bando some no mato, os menores mais assustados, seguindo os maiores de perto.

"Não gostam de gente", diz o rapaz antes de ligar o motor. "Nem têm por que gostar."

Em pouco tempo chegamos ao balneário Maria de Zinha. É o mais frequentado da região, mas não àquela hora numa quarta-feira. Meu motorista se empenha no celular até conseguir companhia. Vai ficar mais umas duas horas e pode me levar de volta pra cidade.

O rio está baixo. O caminho do estacionamento até a margem é coberto de pedregulhos, conchinhas brancas e escuras que machucam os pés, e de sargaço seco. Quatro meninos brincam e gritam dentro da água alguns metros adiante. Uma adolescente magricela de cabelos castanhos e pele bronzeada olha pra eles sem interesse, do alto de uma pedra. Me distancio, tiro o vestido, mergulho e boio por um tempo. A água é densa e fria. Quando volto pra me secar na margem, a menina está ali, diante de mim, sentada na areia, catando conchinhas pretas que mete numa bolsinha brilhante. Ela me olha, aponta pra uma sanguessuga grudada no meu peito e, antecipando meu desespero, se aproxima e a arranca. Pede que eu me vire e encontra outras duas nas costas. Quer me mostrar os bichos, mas fecho os olhos e me contorço de nojo. A garota se afasta, os joga de volta na água e pergunta por que estou usando biquíni. "Porque eu gosto. E você?", respondo. Ela me encara, serena, e elogia a cor, que fica bem em mim. Pergunto se quer chocolate ou refrigerante, ela diz que "não precisa" e passamos a andar em silêncio até uma ilha de pedras que ela aponta.

A ilha costuma ficar quase toda submersa, diz, mas com o rio baixo podemos chegar andando. A garota dá informações pontuais com a cara meio fechada, não faz questão de ser agradável ou boazinha. Não sei bem por que continuo a segui-la. No meio do caminho, conto que é minha primeira vez aqui, e ela responde que vem todo dia, porque é filha dos donos da roça. É quando percebo a origem do seu jeito afetado, de aristocrata local.

Pergunto o nome dos seus pais, pra me certificar de que tenho a informação correta. Eventualmente os lugares mudam de dono, ainda mais depois da transposição do rio. "Maria de Zinha e Pedro", ela responde. Pergunto o nome dela. "Maria Augusta." Pergunto quem lhe deu o nome, e ela responde como se fosse uma pergunta estúpida: "meu pai e minha mãe". Pergunto se ela sabe por que escolheram Augusta, e ela sacode os ombros e dispara na minha frente, impaciente com a minha falta de habilidade pra pisar naquele chão pontiagudo.

O sol já vai se pôr entre os morros e a ponta da ilha é de fato o melhor lugar pra vê-lo. Ela escala as pedras, avançando cada vez mais rio adentro, sem dar muita atenção ao que tento lhe dizer. E eu digo que machuquei um dedo, que tenho medo de cobra, escorpião e aranha, que deve ter bichos entre as pedras e que não sou capaz de ir muito mais longe com os pés descalços. Ela segue até a beirada, onde se senta, alheia a mim.

O sol caindo entre os morros não decepciona. Acompanhamos todo o movimento sem dizer mais nada. Então um dos meninos que brincavam no rio surge aos berros. "Ôoo Guuuutaa, vem que o pai já vai pra casa!" Ela se levanta e começa a descer ainda mais ágil. Por um momento, parece que não vai se despedir, mas, antes de começar sua descida pelas pedras, se vira e pergunta se quero conhecer seu pai, que está no bar. Os meninos correm na direção de um homem grisalho que fuma sozinho entre mesas e cadeiras amarelas. Parece velho demais pra ser pai deles. "Já vou lá", minto pra Maria Augusta. Achei que ficaríamos melhor assim.

Nota da autora

Este livro começou a ser escrito em 2007, na plateia de uma sala de teatro em Porto Alegre. Em cena estava Biño Sauitzvy, meu irmão recém-chegado da França. Foi ali que vi pela primeira vez uma irmã que eu também tinha e a luta corajosa que ela travava no corpo e no mundo.

Este livro também é o resultado de um caminho que atravessou as minhas pesquisas de mestrado e doutorado em torno de identidades de gênero não fixas, em trânsito, dissidentes, e da condição estrangeira. Desde meados de 2012 até 2019, em busca de materializações dessas experiências no corpo e na linguagem, entrei em contato com clubes de crossdressing, conheci pessoas no começo de suas transições — que generosamente compartilharam comigo suas histórias —, fiz viagens e também reencontrei manifestações poderosas desses fluxos em artistas e teóricos-artistas (e teóricas-artistas) como meu irmão, Nando Messias, Maggie Nelson, Paul B. Preciado, Jean Genet (Biño, também te devo essa) e muitas outras e outros.

Em 2018, fui selecionada para uma residência de escrita de dois meses em Florianópolis, promovida pelo Sesc de Santa Catarina. Embora boa parte deste livro tenha sido composta ao longo de 2020 e 2021, o período de imersão na pequena praia de Cacupé foi uma espécie de ponto de virada que me permitiu retraçar as bases desse projeto.

Agradecimentos

Com amor a todas, todes e todos que cruzam as fronteiras.

Às pessoas LGBTQIA+, que fazem a beleza acontecer.

À Beatriz Araújo e à Ibis.

Agradeço ao programa Literatura, Cultura e Contemporaneidade da PUC-Rio e à Capes pela oportunidade de desenvolver minhas pesquisas acadêmicas. Assim como ao Sesc pela Residência Literária em Santa Catarina e pelo incentivo — cada vez mais raro — ao trabalho de escritores do Brasil.

Alice Sant'Anna, minha editora: nenhum agradecimento está à altura das imensas contribuições que você deu pra este livro.

Gostaria de agradecer também aos primeiros leitores, Daniel Galera, Biño Sauitzvy (claro) e J.P. Cuenca, pelas impressões, conselhos e dúvidas.

Ao Omar Salomão, leitor e parceiro de todas as horas.

À Ana Araújo e à dona Dolores (in memoriam), pelos dias inesquecíveis no sertão de Pernambuco.
À Marília Rothier Cardoso.
À minha irmã Tere, uma fortaleza. E também a Dadá, Joana Ribeiro, dona Bela, Inacinha, Dulce, Durvinha, Moça, Nenê, Sila e a tantas outras mulheres sertanejas cujos nomes e vozes estão aqui.

ESTA OBRA FOI COMPOSTA PELA SPRESS EM MINION E IMPRESSA PELA GRÁFICA BARTIRA
EM OFSETE SOBRE PAPEL PÓLEN NATURAL DA SUZANO S.A. PARA A
EDITORA SCHWARCZ EM JULHO DE 2022

A marca FSC® é a garantia de que a madeira utilizada na fabricação do papel deste livro provém de florestas que foram gerenciadas de maneira ambientalmente correta, socialmente justa e economicamente viável, além de outras fontes de origem controlada.